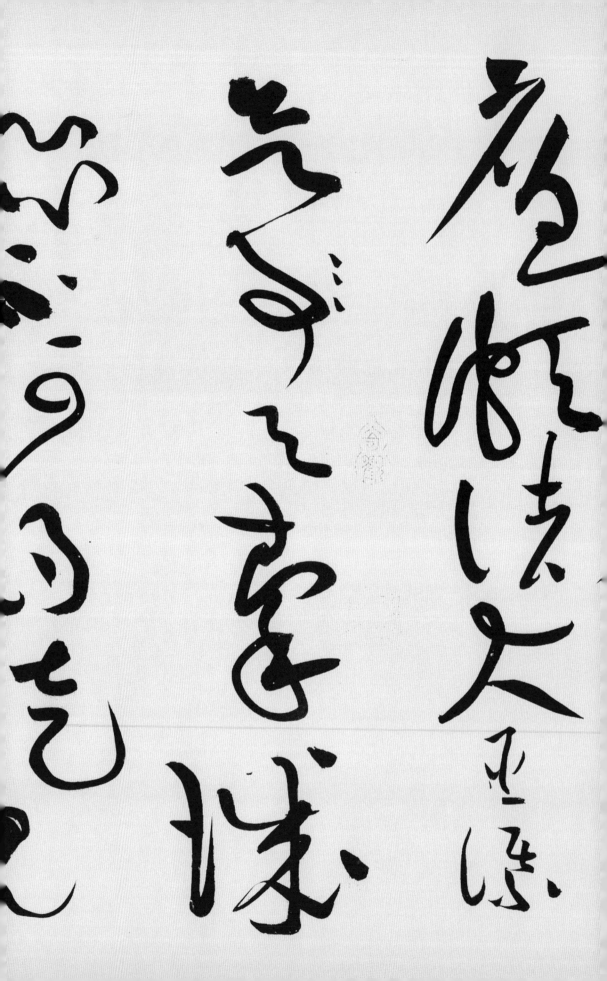

草書字法解析

◎ 劉東芹　著

草書字法解析

作　　　者：劉東芹

責任編輯：鄒淑樺

封面設計：劉慶昌

出　　　版：商務印書館（香港）有限公司

　　　　　　香港筲箕灣耀興道 3 號東滙廣場 8 樓

　　　　　　http://www.commercialpress.com.hk

發　　　行：香港聯合書刊物流有限公司

　　　　　　香港新界大埔汀麗路 36 號中華商務印刷大廈 3 字樓

印　　　刷：美雅印刷製本有限公司

　　　　　　九龍觀塘榮業街 6 號海濱工業大廈 4 樓 A 室

版　　　次：2017 年 3 月第 1 版第 1 次印刷

　　　　　　© 2017 商務印書館（香港）有限公司

　　　　　　ISBN 978 962 07 4549 2

　　　　　　Printed in Hong Kong

前言

　　當代對草法問題關注的兩個領域，不外乎書法藝術研究和文字學研究這兩個領域。就目前來説，書法界普遍認為草法的形成是隸書快寫與約定俗成的結果。而文字學界則大多認為草書為快速潦草書寫，在書法風格學研究上具有意義，但缺乏文字學研究的圖像（或符號）基礎，基本將草書剔出文字學研究範疇。在《中國大百科全書》語言文字分冊中，把漢語文字學研究劃分為五個方面：一、先秦古文字研究；二、秦漢篆隸文字研究；三、魏晉以後的行書、楷書研究；四、六朝唐宋以來的俗字、簡體字研究；五、近代方言字的研究。可以明顯看出，作為書法五體之一的篆、隸、楷、行均在文字學研究範疇，唯獨草書闕如。

　　有關草書的源流與產生在學界更是爭論不一。認為草書僅僅從隸書而來或者是民間約定俗成的結果，都不能科學、完整地解釋草法形成的內在理路。作為和篆、隸、楷、行並列的一種字體，草書的產生出現無法背離文字發展的大背景。草書作為一種成熟的書體，其草法準則在漢末已基本建立，而至唐代方能法度賅備，趨於定型，其過程是漫長而複雜的，雜糅了字體發展和書體變遷的諸種因素。這裏所説的草法，並沒有嚴格區分章草、今草、大草。在對大量的草法形成過程分析後，筆者認為，除了章草中極少部分字形和特殊用法（比如收筆處加波挑）外，章草、今草、大草三者間有着比較統一和相近的草法標準。

在草書研究中，草法問題雖然只是關乎書寫的正確與規範，但就其文字本質和屬性來説，應屬於文字學上的文字構形研究。本書在前人研究的基礎上，通過文字學與書法圖像的結合，對草書的內在標準進行探尋。一方面確立偏旁符號和字根符號的“標準件”，另一方面反覆借助作品説明並論證這些“標準件”在經典作品中的循環搭配使用。我們一旦掌握了這種使用規律，草法問題將得到有標準可遵循、有學理可支撐的解決。限於學識水平和研究能力，本書舛誤之處在所難免，祈望讀者及專家批評指正，以利改進。

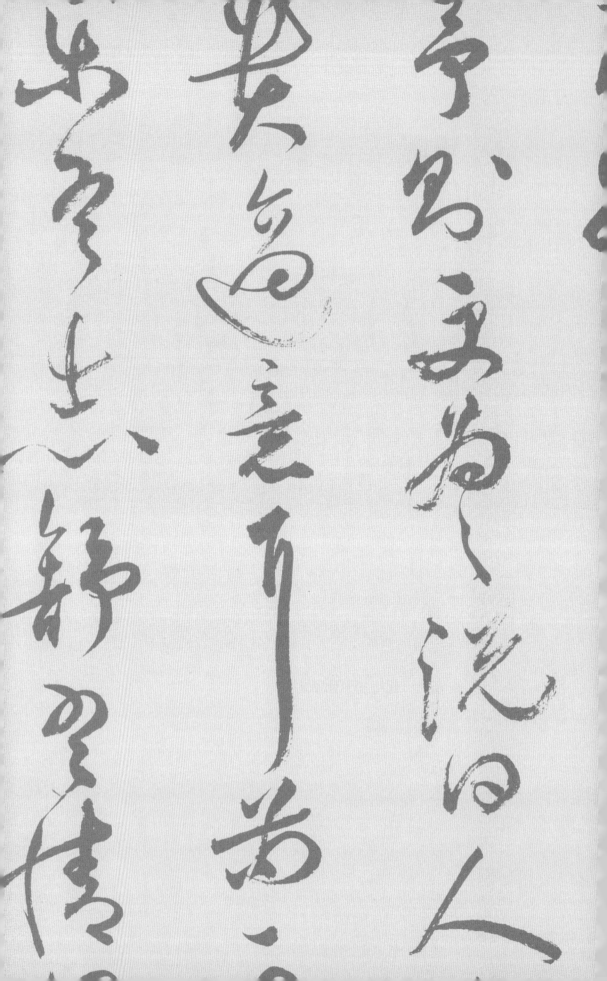

第一章 草法研究概述

以往草法研究的缺點和不足

本書研究的方法

草法形成的時間跨度，前後約千年。其在六國古文字階段已經開始出現部分字形解散和快寫跡象，在西漢則快速發展成雛形，至東漢末期基本成形，經由魏晉二王至唐代孫過庭及懷素之手，草法方賅備定型。但即便如此，唐代以後的約定俗成和名家個人習慣使得草法還在發展。總體來說，晉唐名家的草法要比元明清名家的草法更為精準和理性。由於草書的快速書寫和變化多端，即使是孫過庭這樣的名家，其作品中的草法也有前後抵牾之處。傳世的草書研究著作，如傳為唐人所作《草書要領》、宋高宗趙構輯《草書禮部韻寶》、金張天錫撰《草書韻會》、明神宗朱翊鈞詔輯《草韻辨體》及韓道亨的《草訣百韻歌》，等等，這些著作或傳寫訛誤、或摹拓失精、或為追求形近易學而強作刪減、篡改草法。啓功曾對這些著作有過總結性的評價，可謂一語中的：“《草韻辨體》、《草韻匯編》、《草字彙》等，皆輾轉摹臨，筆意全失。所收諸字，不注出處，帖之真偽，更不暇擇。學者苟執之以習筆法，以考字體，其流弊所極，曷可勝言？《草訣歌》流俗所習，入人尤深。”[1]

正是由於草法系統性與嚴謹性的長期缺失，“外狀其形，內迷其理”的慣性長期困擾學習者。南宋人姜夔在《續書譜·草書》中就已經對時人草書遠離古人法度作過批評。其云：“古人作草，如今人作真，何嘗苟且。”又説：“古人作草，雖復變化多端，而未嘗亂其法度。”[2]

下面，將具體介紹以往草法研究的不足和本書的研究方法以及寫作結構。

以往草法研究的缺點和不足

1. 對草書源流的認識誤區

在書法研究領域，有一種比較主流的認識，即認為草書是從隸書、章草的快寫簡省而來，或者是民間約定俗成的結果。這種認識

1　啓功：《晉人草書研究》，《啓功叢稿》藝論卷，中華書局，2004，第 5 頁。

2　《歷代書法論文選》，上海書畫出版社，1979，第 387 頁。

其實阻礙了草書研究的深入。書法研究者不敢或者很少深入到更為古老的文字，如篆書系統去研究。而作為和篆、隸、楷、行並列的一種字體，草書的產生出現無法背離文字發展的大背景。在文學研究領域，其實早就有深入的認識。孫星衍在嘉慶三年（1789）《〈急就章〉考異》序中就曾說過"草從篆生"的觀點[3]。魏建功在《草書在文字學上之新認識》一文中，亦提出篆書與草書之淵源關係。[4] 裘錫圭在《文字學概要》一書中也表達了類似的觀點，即"草書字形往往出自篆書俗體的古隸草體演變而成，而不是由成熟的隸書草化而成的"[5]。趙平安則直接指出，草書的萌芽大約可以推到戰國中期[6]這些文字學家的觀點對書法研究者而言是不能忽視的，特別對草法研究而言，如果不能深入更早的文字系統而僅僅局限於隸書或章草範疇，是不能有所突破的。

2. 缺乏科學的研究方法

對草書研究而言，筆法與字法的關係其實是可以各自獨立，分開研究的。筆法研究更傾向於書法風格範疇，是草書的藝術屬性研究；而草法即字法，屬於草書的文字屬性研究。也就是說，研究草法必須借助於文字學領域的方法。就以往的草書研究來說，由於不能嚴格區分這兩者的關係，游離於圖片的近似對比，外狀其形，模棱兩可。加之不辨真偽，不分正誤，不注出處，導致了草法研究的停滯不前。其直接後果是，有志於草書學習者，在經過多年臨帖後，仍不能徹底解決草法的識記問題。在創作書寫作品的過程中，也不得不面臨提筆必查字典的尷尬，阻礙了草書在藝術創作中的連貫。而在書法展賽中，由於草法舛誤帶來的致命傷，更是屢見不鮮。

僅以近世于右任所提倡的"標準草書"運動為例，這是對傳世草法的一次大規模總結和梳理，在一段時期曾對草書的普及起過一定作用。就于右任的個人創作而言，取得了極大成功。但為何"標

---

3 孫星衍：《〈急就章〉考異》序，據南京圖書館藏清嘉慶三年刻岱南閣叢書本影印《續修四庫全書》，上海古籍出版社，1995，第 243 冊，第 579 頁。

4 魏建功：《草書在文字學上之新認識》，《輔仁學志》，1942 年第 1、2 期合刊，第 236 頁。

5 裘錫圭：《文字學概要》，商務印書館，1988，第 88 頁。

6 趙平安：《隸變研究》，河北大學出版社，2009，第 24 頁。

準草書"卻沒有得到進一步的深入推廣並取得書法界的廣泛認同
當下的草書學習者中,亦少見以"標準草書"為主要學習門徑而成
功者。其中原因,我認為有以下幾點:一是"標準草書"雖然對歷
代草法作了總結,但最終的範本是建立在于右任個人風格上的總結
書寫,這和晉唐草法的精準相比,無疑有一定的差距;二是"標準
草書"依然是以記憶草書符號為主的"記形法",缺少系統的文字學
方法與理論闡釋。草書符號的演變過程、正確是否,學習者無從判
斷,亦無法做到舉一反三,融會貫通;三是"標準草書"中引用了
不少明清二三流書家的草書符號,謬誤甚多,這部分草法的舛誤極
大破壞了整個草法的學習系統。

本書研究的方法

1. 參用文字學研究方法

本書最重要的研究核心就是參用了文字學研究方法。具體地說
是基於文字學研究中的字族理論[7],它可以讓我們重新認識整個漢字
系統。除漢字偏旁外,字族理論的核心是"字根"。偏旁與字根的
組合,可以構成漢字的無限豐富性。以"月"為例,作為一個字根,
它有着很強的擴散性和組合能力。結合偏旁,可以產生玥、明、岄、
蚏、鈅、朎、捐、胡、朝、期等字。"月"和"古"形成一個二
字根"胡",再結合偏旁又可以搭配產生湖、糊、瑚、蝴、煳、𧎣、
媩、楜、猢、鰗、鰗等字;"月"與"卓"組合成二級字根"朝",
結合偏旁可以組成嘲、廟等字;"月"與"田"構成二級字根"胃",
可以產生謂、渭、猬、媦等字;根據二級字根"有",可以產生洧、
侑、峇、綌、宥、鮪、陏、梀、髓等字;再根據"月"的二級字根
"青",還可以搭配偏旁形成圊、鯖、蜻、箐、儬、菁、綪、鶄、清、
婧、腈、睛等字。絕大多數漢字,都可以在這種字根與偏旁的循環
搭配中得到呈現。儘管這裏面有些漢字已不常用,甚至已成為冷

7　相關理論研究參見蔡永貴《漢字字族研究》,福建師範大學 2009 級博士論文。

字。但必須明確這些漢字的確存在，它們的草書也必然存在。所以，就漢字構形意義上來說，偏旁與字根是核心，掌握了偏旁與字根的正確草法，我們也就掌握了絕大多數漢字的草法。因循這種規律，本書將主要使用"草書偏旁"和"草書字根"這兩個概念來闡明草法的組成。就目前來說，本書總結歸納了 71 個偏旁草書符號和 355 個草書字根符號，它們的搭配組合可以解決大多數常用漢字的草法問題。

有關"文字構形學"，趙超說："將漢字形體劃分成各種構件，探討原始形體的構成原則，分析文字形體發展演變的內在規律。這種研究方式被當代學者稱作文字構形學。它主張運用科學的文字符號觀來認識與分析文字，通過嚴格細緻的文字形體比較來考釋文字，揭示文字演變中的趨勢與規律。"[8] 而草法研究則完全可以借助這一文字學研究方向來展開。

下面我們具體介紹本書中草書字根和草書偏旁是如何確立的。以"車"旁為例，僅在孫過庭《書譜》中就出現了三種不同的草法，如""""""""等，但由於""容易和"牙"的草法相混，""易和"纟"的草法混淆，所以本書把第一種符號""作為"車"旁的標準草書符號。因為筆者認為的標準，首先不能產生草法使用上的混亂，應具有唯一對應性和廣泛認同性。再如"言"，作為偏旁，最少有兩種使用標準，""或""，不過後一種用法更具有此偏旁的唯一對應性，在實際使用中不會與其他偏旁符號產生衝突或產生歧義，而前者往往會和雙人旁混用。需要說明的是，列出以上的標準並不是要推翻已經約定俗成的用法，而是試圖釐清草法的含混，還原草書符合文字學規律的真正標準。

再談草書字根是如何形成的。以"也"為例，其草書字根的標準書寫應為""，具體的形成過程從右列範字可以看出：《說文》、《六書通》、銀 687、居 505.25、流遺 14，再到""。這是一個字形解散、省筆與連筆共同作用的過程。這種標準用法形成後，再加上草書偏旁，它將有着很強的適用性和擴散性，如王羲之

8　趙超：《漢魏六朝碑刻異體字研究》序言。見毛遠明《漢魏六朝碑刻異體字研究》，商務印書館，2012，第 4 頁。

《十七帖》中的"池"，王羲之《妹至帖》中的"地"，孫過庭《書譜》中的"蚍"以及趙構《真草養生論》中的"馳"。由此可見，一旦我們掌握了草書偏旁和草書字根，就等於掌握了草法的內在規律。那麼他、他、扡、呭、枺、袘、笹、匜、迆等字的草法也就能觸類旁通，舉手可得了。由此草法的記憶就會達到幾何級的倍增，草書的書寫也不再為難事，學習者最終能達到草書創作的自由王國。

由於草書形成過程中的複雜性，除了上述方法，本書還運用了一些避諱、異體字方面的知識來理解草法的生成。比如避諱與草法的關係，可舉一例。《書譜》中""是"參"的草法，加上"忄"旁，""即為"慘"字。可是《書譜》，""""又分別被釋為"燥"和"躁"，這就產生了字根"參"與"喿"混用的現象。其中原因，就是因為避諱。馬瑞辰《毛詩傳箋通釋》卷八云："魏晉間避魏武帝諱，凡從'喿'之字多改從'參'。"可見此字草法自魏晉開始就產生了混用現象。

有關異體字與草法的關係，更為複雜，本書中將有專門介紹，此處不再贅述。

2. 以晉唐草書經典作品為主要研究對象

對大多數草書學習者而言，王羲之《十七帖》、孫過庭《書譜》等作品是草書學習的必由之路。啓功於 1942 年所撰《晉人草書研究》一文中云："故言草書者，必以晉人為主。上窺炎漢，以溯其源，下概李唐，以窮俗變，宋、元工草體者，僅米、趙數家。明人偏旁多杜撰，盡可存而不論矣！"[9]故而本書在研究對象，即草書符號的樣本選擇上，是緊緊圍繞晉唐作品為主，其中《十七帖》、《書譜》、懷素《小草千字文》是作品徵引的核心資料。這些作品不僅草法精準，藝術水準也達到了前所未有的高度，故而讀者在學習草法的同時，亦可顧及筆法學習。在以上作品中範字缺失的情況下，徵引了智永、唐太宗、趙構、趙孟頫、祝允明等人的部分作品。在

9　啓功：《晉人草書研究》，收入《啓功叢稿》藝論卷，中華書局，2004，第 1 頁。

述草書偏旁和字根形成過程時，以漢簡資料為主，其中陸錫興的《漢代簡牘草字編》引用為多，具體作品名稱和時代附於書末。

啓功曾云："今日印刷之術，進而益精，古帖善本，得一一寫影。先民墨跡，屢有掘獲，有志研考草書者，正宜統覈諸家之説，重加理董，剪取帖字，著其出處，以付影印，可免摹寫之失。疑者闕之，誤者正之，使草體沿革，秩然可按。示學者以準繩，亦不朽之盛事也。"回顧本書的基本研究方法和思路，也正暗合啓功七十多年前"剪刀加漿糊"式的研究思路。只不過參考文字學理論並借助於當今電腦技術之進步，先民墨跡可以通過鼠標在屏幕間任意放大、裁取、粘貼。草法與筆法之關係，一目瞭然。今之後生，又何其幸也！

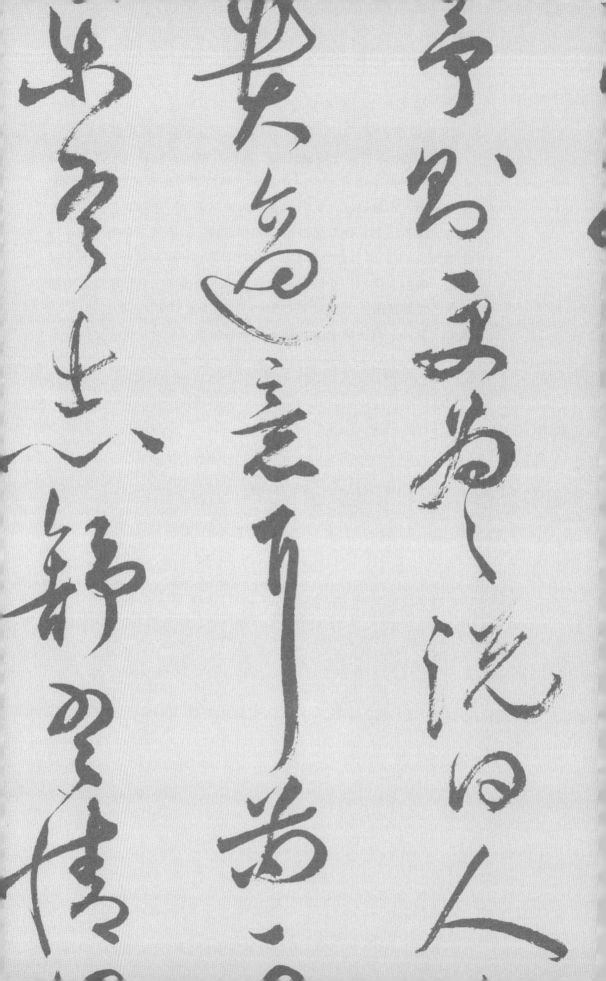

第二章 草書偏旁符號

左右偏旁

字底符號

字頭符號

　　漢字偏旁的組成，遵循着非常樸實的，以人為中心的基本準則，從大的方面説，遵從五行，如金、木、水、火、土；描摹動物、植物，如犭、豸、虍，馬、牛、虫、魚、艹、竹等；從小處看，衣住行，包括糹、衤、食、月、米、禾、宀、穴、戶、彳、走、辶、車、舟等；最後再回到人本身，如髟、目、耳、口、言、牙、扌、足、忄等。正如許慎所云："近取諸身，遠取諸物。"絕大多數常見漢字的偏旁組成都不外乎這些，對這些偏旁的草法加以準確的界定並熟練地掌握，是最重要的一步。下面我們將這些偏旁分作左右偏旁、字頭和下部符號分別介紹。

左右偏旁

亻	刂	阝	氵	彳	扌	忄	犭(犬)
弓	木	月	欠	火	歹	糹(糸)	米
虫	言	車	貝	角	走	豸	足	身
金	頁	亲	骨	馬

亻

　"亻"，此種寫法幾乎未作草化，在今草書的實際書寫和應用中，是最為廣泛而又不會引起歧義的一種。如王羲之《十七帖》中的"俟"、孫過庭《書譜》中的"倫""俗""作""俄"等字（圖2-1）。雖然在王羲之《孔侍中帖》，"信"左邊的單人旁也是堅持此標準，如"信"，但我們在孫過庭《書譜》中卻可以看到，同樣的"信"字，其單人旁卻省略了短撇，簡化為一豎（圖2-2），而這種約定俗成的寫法我們也能接受。另如王羲之《十七帖》中的"何"字，其單人旁草法也是如此。不過，筆者認為此仍屬於一種特殊用法，非標準用法。因為如果不加以區分，而將此約定俗成作為單人旁的唯一標準來使用，就容易與草書中的言字旁和雙人旁（彳）產生混淆，最終帶來草法使用上的混亂。

2-1:

2-2:

　　立刀旁的基本草書符號為""，草化標準亦有規律可循，如王羲之《游目帖》中的"別"、孫過庭《書譜》中的"烈""剛""割"等字（圖 2-3）。即使在"前"這個字中，雖然其"刂"只是作為下部的一個部件，但也使用相同的草法。不過，"刂"的草法也有會在上再加一點，寫成""，這在賀知章所書草書《孝經》裏時有出現，也已為約定俗成的用法，如"則""刑"二字（圖 2-4）。至於這一畫是必不可少的，還是可有可無的，則無需在意。因為孫過庭的這句話很值得尋味，即"草以點畫為性情，使轉為形質"，既然是性情之物而非攸關形質，那麼有無之間，倒沒有甚麼大是大非的問題。

　　另外，"刂"在個別字中並未作草化處理，如《書譜》中的"刻"（圖 2-5），這可能是出於形態上的審美處理或是為了避免重複，比如"刻"字，其右部如果採取標準的草書符號，則很難處理。幸的是，這種例子在草書中並不多見。

圖 2-3：

| 別 王羲之《游目帖》 | 烈 孫過庭《書譜》 | 剛 孫過庭《書譜》 | 割 孫過庭《書譜》 |

圖 2-4：

| 前 孫過庭《書譜》 | 則 賀知章《孝經》 | 刑 賀知章《孝經》 |

　　“丿”亦能代表“寸”部，儘管目前為止，筆者並沒有找到“刂”“寸”字形與字源上的相近之處，但二者草法使用卻相同，這是不爭的事實。其中原因，目前還得不到合理的解釋。從孫過庭《書譜》中的“對（对）”“謝（谢）”，智永《真草千字文》中的“樹（树）”以及懷素《小草千字文》中的“封”字（圖2-6）可以看出，這種使用是穩定的。不過，和“刂”一樣，“寸”的草書符號也有未完全草化的，在有些字的草寫時，其依然不作草化。如李世民《屏風帖》中的“尌”、智永《真草千字文》中的“射”字（圖2-7）。

2-5：

刻　孫過庭《書譜》

2-6：

對　孫過庭《書譜》　　謝　孫過庭《書譜》　　樹　智永《真草千字文》　　封　懷素《小草千字文》

2-7：

尌　李世民《屏風帖》　　射　智永《真草千字文》

阝

此偏旁在楷書或行書中，其書寫形態基本是不作左右區分的。
在草書中，左右兩種“阝”的使用卻截然不同。當作左阝使用時，
一的草書符號為“ ”，在右時，則均為“ ”，下面分別論述其來源
當“阝”在左時，原意為從“阜”，篆書寫作“ ”，有土山、土
之意，如 、 等字。“ ”在遵循篆引規則下，通過省略的手段
形成“ ”，再經過快寫、合併，逐步簡化為“ ”，最終形成草書
號“ ”。我們從王羲之《十七帖》中的“隔”和孫過庭《書譜》
“除”“墜”“陶”“際”“陳”等字可以看出它的具體應用。(圖 2-8)

而當“阝”在右邊使用時（圖 2-9），則一律都從“邑”，如“
(鄙)”和“ (都)”等，其本義有都城、城邑之意。邑的草書
“ ”，它的演變過程可從篆書及居延漢簡中窺出： 《說文》、
居 206.20、 居 90.63、 居 157.25A，這中間，篆書字形解散、
筆、連筆的過程都能看到，其中“ ”的草法已基本和今草無異

圖 2-8：

通過這樣的觀察，自然能體會右"阝"草書符號"ろ"最終形成了。同時，這也是草書生成中的篆書優先原則在草書偏旁安排上的體現。我們同樣通過《書譜》中的"那""郗""鄲""都"等字以及王羲之《十七帖》中的"邛""耶"等字得到驗證。（圖 2-9）

按："阝（歸）"左邊草法的形成，亦來源於文字學上的字形相通，從"歸"的甲骨寫法"𠂤"和金文寫法"𠂤"來看，其早期左邊的符號和"阜"的篆書符號"𨸏"是極其相近的，"歸"只是在小篆階段加上了代表行走之意的"止"字符，如"歸"，從這個角度來看，就能理解歸字左邊偏旁草法為甚麼和"阜"的草法相同了。

另外還有"師"的草法，其左邊草書符號亦是據此原理而來，在出土的儀徵胥浦《先令券書》（約西漢平帝元始年間）中，"師"的左邊即是"左阝"的寫法，如"阝帀３"，故而其草法仍如此規律，如：🖌《淳化閣帖》王羲之《大先師帖》、🖌索靖《出師頌》。

2-9:

"氵"，一般來説，在實際書寫創作中，三點水這個偏旁的使用往往是比較容易忽視的，或者説使用時往往是大而化之的。其實，智視唐代以前的經典作品，就會發現其使用自有標準，且草法非常標準，亦很穩定。第一點獨立，二、三點相連的寫法在晉唐作品中貫以始終，我們從王羲之《十七帖》中的"汶"以及孫過庭《書譜》中的"池""淳""注"等字的偏旁中可以清晰地看到穩定運用。而在王羲之《初月帖》中的"涉"以及《書譜》中"落""河""深"三字的草書中，雖然"氵"出現了連筆，但第一點與二、三點中間的停頓動作依然清晰可見。（圖 2-10）

圖 2-10：

彳

　　這個偏旁從"行"，有走走停停，慢行猶豫之意。其草書符號為
"彳"，似乎已經成了一種約定俗成的用法，如王羲之《初月帖》中
的"行"、《十七帖》中的"復"、"從（從）"、"往"以及孫過庭《書
譜》中的"得""彼"（圖 2-11）。但是，這種草法並不能一以貫之，
也就是說並不能放之四海而皆準。在實際使用過程中很容易與"亻"
和"言"旁混淆，像"彼"字，在《書譜》中的寫法我們已經視為
習慣，可一旦遇到"伐"、"詖"這二字時，我們如果不做嚴格區分，
則極容易混淆。　因為"亻"和"言"也有作此草法的習慣（見前
文）。那麼此時，草法內在系統的嚴謹與縝密就無法體現，也極容易
造成使用混亂的假相。該作如何區分呢？幸好，章草中的偏旁使用
可以給我們一些啟示，如西漢《神烏傳》中的"得"，儘管其右部已
經完全草化，但左邊依然保留雙人旁寫法。另皇象《急就章》中的
"德""衛"，其"彳"也作"彳"，似乎並未強作草化處理。北宋黃
庭堅在使用"彳"旁同樣謹守此古法，如其草書《廉頗藺相如列傳》

2-11：

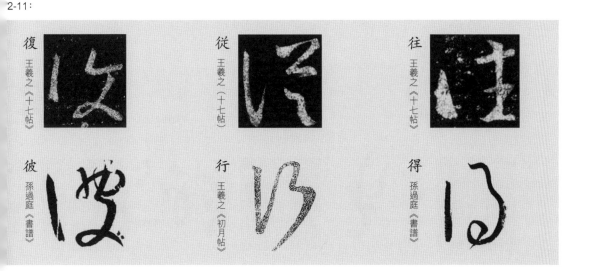

中"往"的寫法，另外，祝允明在《草書雲江記》中的這個"徘"字，偏旁草法亦是同樣的標準在堅持。（圖 2-12）雖然從草書的快寫角度來説，這樣的草法不夠流暢簡潔，但為了不致產生草法使用上的混亂，在書寫創作中容易產生混淆的時候，後一種草法標準不失為更為準確、更為合理的用法。

圖 2-12：

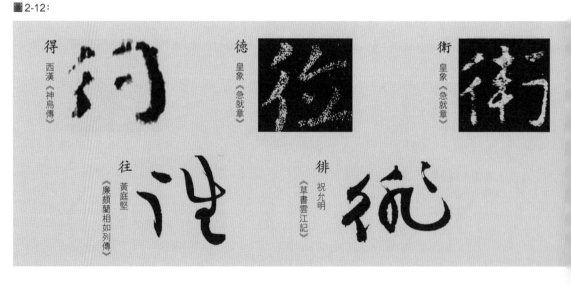

“扌”，這個偏旁是比較常用又常見的，但很多人在書寫時容易和“木”旁的草法“扎”相混。在書寫時需注意其筆順的唯一性。所謂的筆順唯一性其實就是“扌”偏旁的使轉順序問題。讓我們試着從篆書的角度來探討一下，篆書“屮”的筆順似乎是一個無關痛癢的問題，但在這裏，我們很有必要將其筆順次序合理地固定，因為這對理解草書符號“扌”的形成有很大幫助。

“屮”的正確筆順，其中間豎畫上端向右的小彎已經給我們一些提示，它如同交通指示箭頭一樣，提醒我們豎畫的起筆與第一個短橫有一個呼應關係，即必定是在第一橫寫好後順勢寫豎畫，最後寫第二個橫畫。如果不是如此，篆書中“屮”上部折彎的保留也就沒有必要了。我們將這個動作快寫並加以連帶，即出現了“扌”的寫法。一旦此草法固定，我們即可看到它的穩定使用。比如王羲之《十七帖》中的“推”，孫過庭《書譜》中的“抗”“折”“揔”以及懷素《小草千字文》中的“操”字（圖 2-13）。

2-13：

推 王羲之《十七帖》

抗 孫過庭《書譜》

折 孫過庭《書譜》

揔 孫過庭《書譜》

操 懷素《小草千字文》

另外，我們也應清楚的看到，"拜"字的草書，左邊即為"扌"的草法（圖 2-14），這其實也是因為其篆書左邊偏旁從"扌"的緣故，比如，《說文》中"拜"即作"𤳩"。從這個角度來說，我們研究草書，有時是必需將其還原到篆書的階段才能看得更為透徹。

圖2-14：

拜　智永《真草千字文》

拜　黃庭堅《廉頗藺相如列傳》

"忄"，其大概是所有偏旁中唯一具有非物質性所指的偏旁，它代表人的心理與情感，與此相關聯的字也是非常多的。其偏旁形成的源頭來自於"心"，篆書"心"的快寫減省與合併，最終形成了固定用法"忄"，比如王羲之《十七帖》與孫過庭《書譜》中的"情"字（圖 2-15）。不過更多時候，考慮到與右邊部件的書寫之間的流暢，在連筆的過程中把右邊的點畫給省去了，所以"忄"旁亦可寫作"忄"，如《十七帖》中的"悵"，《書譜》中的"慎""恨""性"以及張華《得書帖》中的"惛"等字（圖 2-16）。

2-15：

情 王羲之《十七帖》　　情 孫過庭《書譜》

2-16：

悵 王羲之《十七帖》　　慎 孫過庭《書譜》　　恨 孫過庭《書譜》

性 孫過庭《書譜》　　惛 張華《得書帖》

　　另外，需要注意"爿"的草法，它的字源本義指木製可臥之"牀"，也有文字學家認為它來源於"木"字篆書"米"的左半，其右半則形成"片"（從歷代流傳作品看，此偏旁草化不太明顯，如牒"碟"居 169.18）。此偏旁原本在漢簡草書中和"忄"旁是有區別的，比如敦煌馬圈灣木簡中的"將"字。由於在文字的演變過程中，"爿"逐漸與"忄"產生了使用上混淆，特別在異體字中間。毛遠明認為這是趨簡因素作用下，形體簡單的構件會代替原來比較複雜的構件。[1]

　　但細心觀察，"忄"與"爿"的草法還是有細微的區別，即前者可以向右作連筆之勢，如"忄"，而後者則多分開，如"爿"。我們研習草法時當明辨此中規律。（圖 2-17）

1　毛遠明《漢魏六朝碑刻異體字研究》，商務印書館 2012 年版，第 266 頁。

圖 2-17：

| 將 敦煌馬圈灣木 | 牀 武84甲（摹） | 壯 孫過庭《書譜》 | 狀 孫過庭《書譜》 |

 （犬）

"犬"，裘錫圭在《文字學概要》中認為："犭"旁的形成，應是隸書對篆書字形"犬"的改造中的偏旁變形。因為在篆書中，"犭"和"犬"並無不同，如"楢"。反犬旁的草法，應來源於"犬"字篆書的快寫與變形，由敦煌馬圈灣木簡中的"七"，到居延漢簡中的"犭"，到最終草法的形成"犬"，我們可以看出這其中的變化。再經過連筆，"犭"旁草法"犭"由此形成。需要注意的是，"犬"的草法和"大"的草法是有明顯區別的，這個區別就是草法的筆順，"犬"的草法一定要從右邊起筆，其含義與目的正是突出"犬"右上的點畫。從居延漢簡中這個"伏"字中我們可以看出，"犭居288.6"右邊"犬"的起筆上翹，正是強調這一點，即楷書"犬"右上的點畫。這種嚴格的界定，為草書奠定了準則，也是草書內部系統規範的體現。

下面結合具體圖例，來説明"犭"旁和"犬"字作為偏旁在左邊使用（圖2-18）、作為字根在右邊使用（圖2-19）、作為部件在字

2-18：

獲 孫過庭《書譜》　　狼 孫過庭《書譜》

2-19：

伏 懷素《小草千字文》　　狀 孫過庭《書譜》

中間使用（圖 2-20）的方法。

圖 2-20：

莽　歐陽詢《草書千字文》

默　康里巎巎《梓人傳》

"⼁"，此偏旁草書符號並不複雜，它最初的源頭無疑是來源於篆書"弓"的快寫和減省，在漢簡中可看出其演變：弓居 334.42，⼁居 87.12。需要注意的是，一旦這種固定用法形成，它的標準就一直比較穩定。我們從孫過庭《書譜》中列舉出下面這些例字，以為佐證（圖 2-21）。

2-21:

　　"才"，此偏旁草法比較固定，需要注意的是其筆順的唯一性。所謂的筆順唯一性其實就是筆畫順序問題。這一點，我們在前面講"扌（才）"時曾經提到過。同時，這也是"木"和"扌"草法的關鍵區別所在。"才"的穩定使用，請見圖 2-22。

　　按："木"旁的使用有一種特殊情況。如"相"這個字在孫過庭《書譜》中，其偏旁草法略有變異，如：相、緗、霜等字（圖 2-23），因為漢字中"揖"這個字已經淘汰，淪為"相"的異體字（參見《偏類碑別字》引《偽周澤州司馬張玄封墓誌》和《敦煌俗字譜》），所以偏旁可以混用而不會產生混淆。這種變異早在王義之

圖 2-22：

杖　王羲之《十七帖》　　柘　王羲之《游目帖》　　楷　孫過庭《書譜》　　橋　孫過庭《書譜》

圖 2-23：

相　孫過庭《書譜》　　緗　孫過庭《書譜》　　霜　孫過庭《書譜》

的作品已有出現，後成為一種約定俗成的使用習慣，現在似乎已無深究孰對孰錯的必要。需要看到的是，在流傳的懷素《自敘帖》中，同樣的"相"字，其左邊的偏旁草法，卻是堅持了最初的標準（圖2-24）。

拓展："本"字的草法，儘管孫過庭《書譜》裏有寫作"本"，但米芾《元日帖》中的寫法"本"，即從草書偏旁"才"而來，只是增加了一點而已，本、木二字的差別也正在此。這種寫法似乎更貼合草法的有序理解，也更能兼顧到書寫的便捷。

2-24：

相
懷素《自敘帖》

月

"丿"，此偏旁雖然看起來和"月"差距較大，但其標準一直相定，即使連筆快寫成"月"，亦無非是收筆處增加了連筆，其使轉規律卻是相同的。要追尋它的源頭，必須把月的草書形成過程瞭解一下。下面我們從篆書開始，在現有的資料中進行一個漸進的排比就能知道答案了。月小篆、月居 150.20A、月流遺 14、分流廩 14、勹居 188.36、分居新、月王羲之《十七帖》"胡"字右邊、月杜《歲忽已終帖》"閒"字下部，在這一過程中，筆畫不斷地減省，速度漸趨加快，猶如一段動態的畫面。字形由正變斜，由立變臥，由臥變立，當最終的草法形成時，漢字也完成了由篆書至草書的蛻變。而作為草書偏旁，"月"將以向右連筆的形態出現，即"月"或"丿"。（圖 2-25）

其實我們分析這個最常見的"灬（然）"，其草法的形成也是因為左上部從"月"，篆書作"灬"。草書偏旁的固定使用由此可見一斑。那麼，據此規律寫出草書燃、繎、蹨、橪就不難了。

圖 2-25：

服　王羲之《十七帖》　　勝　孫過庭《書譜》　　肥　懷素《小草千字文》　　肚　張旭《肚痛帖》

"🖊", 其小篆作"", 許慎《説文》云："張口氣, 悟也, 象氣從人上出之形。"從這個角度考慮, 此草法符號有氣上升如縷之形, 書寫時不宜斷筆。此草書符號不宜作過多使轉如"🖊", 它其實是"欠"連筆快寫的簡省, 使用時盡量獨立書寫, 左右避免連筆書寫, 以免和"乡"的草法相混。其固定使用見圖 2-26。

2-26：

歇
歐陽詢《草書千字文》

歟
孫過庭《書譜》

欣
王羲之《十七帖》

這個看似簡單的偏旁，在長期的演變過程中形成了至少三種固定草法，即""""和""，我們無法否定其中的任何一種，畢竟在長期的使用習慣中已經為大家所接受。但它們最早的雛形，應該都是從"火"的篆書""在快寫後分解字形和連筆省略而來。第一種用法""在皇象《急就章》中已經出現，到南宋趙構《真草養生論》中我們還能看到其應用（圖 2-27）。

圖 2-27：

煩　皇象《急就章》

爛　趙構《真草養生論》

　　第二種"火"，其實在筆勢上和第一種有相通之處，其使用多出現在懷素和張旭的作品中（圖 2-28）；而第三種草法"火"則是前兩種的簡省，在孫過庭《書譜》中使用較為常見（圖 2-29），但在書寫過程中，要注意和"忄"有所區別，即豎畫不要太長，同時要略有傾斜。以上三種用法均具有獨立性，在使用過程中不易和別的偏旁相混，也並不會增加記憶難度。如果搭配得當的話，反而會增加草法變化的豐富性。

2-28：

2-29：

歹

"歹"，這個偏旁同樣比較複雜，在草法流傳過程中有一些訛變，需詳細考察。從現有資料看，此偏旁的曾經通行草法標準為"歹"，如懷素《小草千字文》中的列、殆等字（圖 2-30），其與"糹"旁草書符號"糹"的區別在於上部是否斷筆。但孫過庭似乎並未堅持這一標準，比如《書譜》相同的列、殆（原文：草不兼真，殆於專謹）二字，其草法就與"糹"旁一致。（圖 2-31）

圖 2-30：

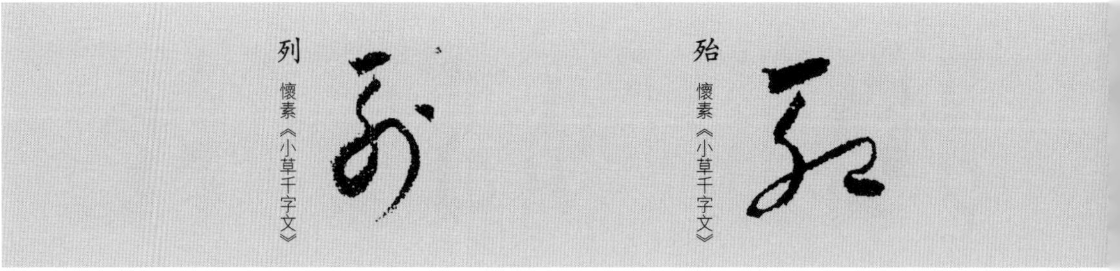

列　懷素《小草千字文》

殆　懷素《小草千字文》

圖 2-31：

列　孫過庭《書譜》

殆　孫過庭《書譜》

但令人迷惑的是，與"殆"字明明同樣的草法卻又被釋為"紹"（原文：紹右軍之筆札），這種釋讀很大程度是建立在上下文的語境中得出的，而非對草法本身的合理解讀。同樣的問題還出現在"殊"字上，筆者推測，"殊"字左邊的"歹"旁之所以貌似"糸"旁，可能是原墨跡的斷筆處本不甚明顯，後在摹刻過程中被誤刻而與"糸"旁相混。還有另一種可能，是"歹"快寫的訛變，如王獻之《授衣帖》中的"死"字（見附圖），從其左邊"歹"的草法可以琢磨一二。（圖 2-32）否則我們便不能想像"絑"字草書當如何書寫？

2-32：

紹 孫過庭《書譜》

殊 王羲之《游目帖》

死 王獻之《授衣帖》

 **（糸）**

"ㄣ"，此偏旁的草法的形成過程大抵是從"糸"的草法"ㄅ"
略連寫而來，其最初的源頭應仍是肇源於篆隸的字形分解與快寫
只是目前還缺少更多實證資料來看清其中的具體演變過程。但不
如何，在草書中，其草法使用已經非常固定。不管是從王羲之作
中的"緣""絕"，還是孫過庭手下的"紙""縱""緘"，抑或是懷素
《小草千字文》中的"約"等字中均可看出。儘管唐代高閑在寫此
旁時加了更多提按和方向上的曲線變化，但其使轉標準依然沒有變
如其《草書千字文》殘卷中的"續"字（圖2-33）。

圖2-33：

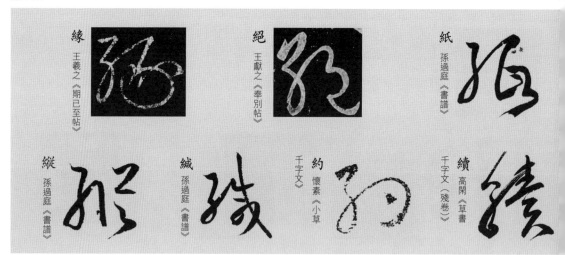

緣　王羲之《期已至帖》

絕　王獻之《奉別帖》

紙　孫過庭《書譜》

縱　孫過庭《書譜》

緘　孫過庭《書譜》

約　懷素《小草千字文》

續　高閑《草書千字文（殘卷）》

"米"，此偏旁的草法相對穩定，一直延續着同樣的標準。即使在王羲之《十七帖》和孫過庭《書譜》中，"粗"的米字旁節奏較緩，但其草法的標準卻是一致的。值得注意的是，當"米"充當字的部件時，其草法標準也是同樣如此。（圖 2-34）

2-34：

精 孫過庭《書譜》

糟 高閑《草書千字文》

糠 高閑《草書千字文》

粗 王羲之《十七帖》

粗 孫過庭《書譜》

继 孫過庭《書譜》

迷 孫過庭《書譜》

氣 孫過庭《書譜》

虫

　　皇象《急就章》中的""基本保留了篆書""筆畫走勢和字形輪廓，再經過快寫，在孫過庭《書譜》中，其作為偏旁使用時已經固定為""。此草法標準亦相對統一，我們從作品中能找到其穩定的使用（圖 2-35）。

圖 2-35：

蚍　孫過庭《書譜》　　蟬　孫過庭《書譜》　　螁　孫過庭《書譜》　　蛄　孫過庭《書譜》

言作為偏旁，在宋代以前的草書經典作品中，至少出現了四種使用標準。第一種如 ""，孫過庭《書譜》中的 "譜""謝""評" 均作此寫法（圖2-36）；第二種為 ""，如《書譜》中的 "詞"，懷素《小草千字文》中的 "訓"（圖2-37）；第三種則作 ""，《書譜》中的 "記""詩""訛" 等字均從此寫法（圖2-38）；第四種作 ""，如

2-36：

譜　孫過庭《書譜》

謝　孫過庭《書譜》

評　孫過庭《書譜》

2-37：

詞　孫過庭《書譜》

訓　懷素《小草千字文》

2-38：

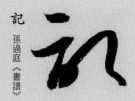

記　孫過庭《書譜》

詩　孫過庭《書譜》

訛　孫過庭《書譜》

賀知章《孝經》中的"詩"與趙構《真草養生論》中的"記"字（圖
2-39）。這四種用法，到底哪一種更符合草書演變規律？哪一種更具
有普遍的適用性？這個問題，我們需要從"言"的草法演變來作一
探討。言，西漢敦煌馬圈灣木簡中下部已作解散之形，如"𧪈"，在
王羲之《十七帖》中，下部為連筆，作"𧪈"，當它作為偏旁使用時，
其收筆必須和右邊有呼應，即所謂的"筆斷意連"，所以下部的"口"
形必須保留。從文字演變角度和草書符號所應保留的文字信息來說，
後兩種用法應該更具合理性。同時，在實際使用中也不會與其他偏旁
符號產生衝突或產生歧義。

　　我們也能看出，這四種用法之間有一個演變簡省的過程。即第
一種約是第二種的減省，第二種是第三種的減省，如此類推，而第
四種則完全是"言"草書的標準寫法。需要注意的是，第一種"言"
在使用過程中，有時會和單人旁、雙人旁乃至三點水的草法相混淆。
比如在孫過庭《書譜》中，"𧪈"被釋為"誚"，而在王羲之《孔
中帖》裏，"𧪈"則釋為"消"，草法的嚴謹性此時就受到挑戰，我
們在實際使用時，要特別留意。再比如說，"訓"這個字的偏旁，草
法就不適宜用第一種，否則就會變成四個豎畫的單調排列了。而第
二種"𧪈"草法，是後世簡化偏旁的源頭，但如使用不慎，有時會與
三點水或"足"的草法相混，以至於在草書使用中並不普及。總之，
在"言"的四種草法使用習慣上，我們無法確定唯一的標準，但必
須明白後兩種用法在任何時候應該都不會犯彼此混淆的錯誤。

圖 2-39：

詩　賀知章《孝經》

記　趙構《真草養生論》

車

"車"，和"火"旁一樣，"車"作為草書偏旁時，情況也較為複雜。仔細梳理，至少也有三種草法代表"車"旁，即"車""車""車"。這三種用法都曾出現在孫過庭《書譜》中（圖2-40至圖2-42）。從避免混淆的角度來看，"車"和"糸"旁易相混，此種草法不能放之四海而皆準；"車"則易和"牙"相混，如懷素《小草千字文》中的"雅稚"字左邊；最後看第三種"車"，明顯可以看出其從"車""車"索靖《出師頌》演變過來的痕跡。不管從字形還是使轉規律來看，此草法具有唯一性和排他性，即使是在"車"作為

2-40:

輈 孫過庭《書譜》　　轉 孫過庭《書譜》　　慙 王羲之《袁生帖》

2-41:

輕 孫過庭《書譜》　　軒 孫過庭《書譜》

2-42:

軟 孫過庭《書譜》　　轅 孫過庭《書譜》　　輅 孫過庭《書譜》

部件而非偏旁使用時，其標準也同樣穩定（圖 2-43）。當然，我在此只是試圖釐清草法形成的複雜性，並非意圖指出古人草法之誤。當約定俗成形成後，對經典作品中既有的特殊寫法，在確保不會產生抵牾與釋讀障礙的情況下，遵循習慣寫法並沒有錯。

圖 2-43：

軍　索靖《出師頌》

範　孫過庭《書譜》

連　董其昌《臨歐陽詢草書千字文》

貝

　　"𝔂"，這個偏旁的草書形成過程可以從右列篆書與漢簡的資料中窺出：貝《説文解字》、貝居 24.6、貝居 180.23、貝居 140.4B，不可否認，這之間篆書字形解散後的快寫、省略與連筆最終形成了草書偏旁的固定用法。這種標準用法首先在孫過庭的《書譜》中是一以貫之的（圖 2-44），在高閑《草書千字文》與趙孟頫的作品《致民瞻十札》中，起筆的第一筆豎畫被省去了，代之以直接的橫畫起筆（圖 2-45）。在個別字中，"貝"的草法已經簡化為一種更抽象的符號。比如王羲之《十七帖》中的"財"與孫過庭《書譜》中的

2-44:

則 孫過庭《書譜》　　　瞻 孫過庭《書譜》　　　貽 孫過庭《書譜》

2-45:

賊 高閑《草書千字文》　　　賜 趙孟頫《致民瞻十札》

"賦"（圖2-46）。不過，這種過於簡便的草化，後人似乎不能完全受，如董其昌在寫同樣的"賦"字時，堅持的卻是前面的標準（2-47）。或者說，第一種標準更具有廣泛性和適用性，在實際書寫用中當靈活處理。

圖 2-46：

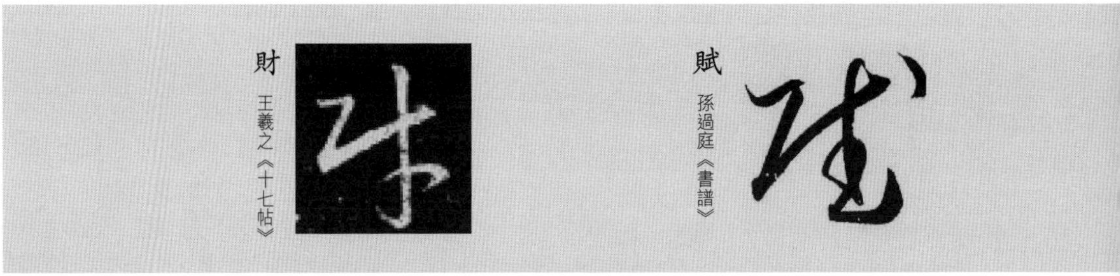

財　王羲之《十七帖》

賦　孫過庭《書譜》

圖 2-47：

賦　董其昌《行草赤壁賦冊》

"𧢲"，此偏旁的形成過程目前還缺乏實證資料，但應不外乎篆書的字形解散、快寫、省略與連筆等步驟。從現有的草書作品中看，除了筆畫的輕重提按、長短俯仰略有不同外，此偏旁的草法使用穩定清晰，標準統一。即使在部件較多的組合漢字中，其使用法則亦趨於穩定。（圖 2-48）

2-48：

"走"，從篆書"趨"到漢簡"起 漢晉西陲木簡51.11"、"起

225.21"的演變過程中，約略可以看出其演變至草法定形的過程。我

們也可以看作是草書"走"的減省寫法。"走"作為草書偏旁使用

有很強的穩定性，具體見圖2-49。

圖2-49:

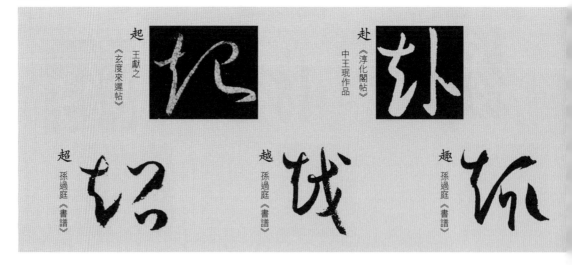

"𧰨"，此偏旁草法也相對穩定（圖2-50）。但某些時候，如"採"在字左邊時，其草書特徵與之非常接近。如祝允明草書中的"彩𧰨"，但實際上"採"的草書在懷素作品中寫作"𧰨"，與"𧰨"是有明顯區別的，在實際創作書寫時當須注意。

2-50：

豹
王羲之《豹奴帖》

貌
孫過庭《書譜》

邈
懷素《小草千字文》

足

"⻌"，此偏旁應是草書足"⻊"的變形，其草法形成的來源可以作如下梳理：小篆"⻊"，字形解散後作"⻊"，再通過減省、連筆等步驟，最終形成草書標準寫法。我們在漢簡中可以看出筆畫逐漸蛻變的過程：⻌漢 41.12、⻌居 133.6A、⻌《書譜》。當然，這之間的循序演進可能並非如此簡單，但僅從現有的資料來看，我們只能作此字形上的推測。有一點是不變的，草書偏旁一旦形成，就有着非常強的穩定性，不管字多複雜，"足"的偏旁草法均一以貫之。（圖 2-51）

圖2-51：

| 路 孫過庭《書譜》 | 踈 孫過庭《書譜》 | 露 孫過庭《書譜》 | 躍 孫過庭《書譜》 |

身

"⼻"，此草法的演變過程，約略可從篆書至漢簡的演變中看出其軌跡：身《說文》、身居 495.4A、身流廡 24、身居 551.4A，最後到《書譜》中的"⼻"，這之間有一個明顯的蛻化過程。必須注意的是，居延漢簡是西漢武帝至東漢中期的作品，可見其時草法已基本形成，"⼻"作為偏旁，不過是其草書的連筆快寫，這種固定用法，在歷代的草書作品中使用都是比較穩定（圖 2-52）。書寫時需要注意和"月"的草書偏旁"⼻"之間的區別。

按：在某些情況下，"身"與"耳"共用一個草書偏旁符號"⼻"，如智永《真草千字文》中"耽"的草書作"耽"，這是為何呢？根據張湧泉《漢語俗字研究》一書中引《玉篇·身部》云："躭，俗耽字。"從文字學角度來看，二字同為一字，可通用。故而從字體角度的草法上來說，"身"與"耳"同用一個草書符號就不足為奇了。而據此推理，"耶"的草書"耶"《十七帖》、"聆"的草書"聆"智永《真草千字文》，其左邊"耳"均作"⼻"，亦是來自文字學意義上的變通處理了。

2-52：

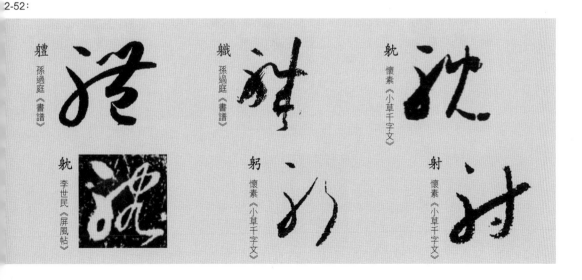

體 孫過庭《書譜》
軄 孫過庭《書譜》
躭 懷素《小草千字文》
躭 李世民《屏風帖》
躬 懷素《小草千字文》
射 懷素《小草千字文》

此偏旁的草法應該是大家比較熟悉也是相對簡單的，以孫過庭《書譜》為例，其大約有兩種標準用法，即"　"和"　"，具體應見圖 2-53。

圖 2-53：

頁

　　草書標準符號為 "ξ"，且使用非常穩定，但要注意和 "欠" 的區別，即有一個斷筆的區分。我們可以從 "頊" 字右邊 頊 506.22、㘩 居 188.12、ㄣ 居 265.45 看出其逐漸減省草化的軌跡。"頁" 小篆作 "覓"，在文字學上的原意就是指人的頭部，如果能從這個角度去考慮，想像草書符號 "ξ" 上面的點為人首，下面則為人身，就比較容易記憶了。為了強化說明這種標準的存在，本節列出八個範字，以為例證（圖 2-54）。結合前面所學偏旁符號，我們還可輕鬆寫出項、頂、頓、頌、頑、頗、顧、頡、頏、煩、領、頻、頸、顥等字的草書。

2-54:

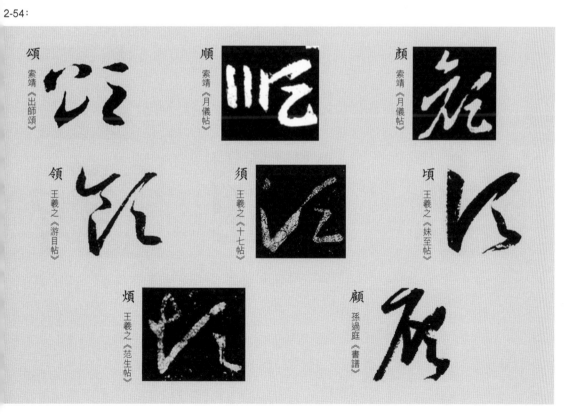

頌 索靖《出師頌》

順 索靖《月儀帖》

顏 索靖《月儀帖》

領 王羲之《游目帖》

須 王羲之《十七帖》

頊 王羲之《妹至帖》

煩 王羲之《范生帖》

顧 孫過庭《書譜》

""，現在的偏旁部首查字法中，"亲"並不作為偏旁。但於其草法的一貫穩定性，我們姑且把它作為偏旁或者部件。因為"亲"相關的字還有很多，只要其草法穩定，我們就可以在偏旁與根的組合中使用，探繹其草法規律。（圖 2-55）

圖 2-55：

薪　懷素《小草千字文》

親　皇象《急就章》

薪　懷素《小草千字文》

"$\overset{\text{z}}{}$"，這個草書偏旁的形成，應來自"骨"的草書"骨"快寫，下面的使轉其實就是"月"的草書使轉"$\overset{\text{月}}{}$"連筆快寫。作為偏旁，我們能看到其廣泛而穩定的應用。（圖 2-56）

2-56：

髀 王羲之《與鐵石共書帖》　　體 孫過庭《書譜》　　骸 高閑《草書千字文》

馬

“”，這個字的草法演變形成過程我們約可從篆書開始追溯
如：《六書通》、羅 40、银 946、居 10.14、王檔 46，
直到王羲之《十七帖》中的標準寫法“”，這之間字形由靜態趨
動態，用筆速度由慢到快。經過了筆畫減省與筆勢牽連後，完成
由篆書至草書的蛻變。當草法演變成熟，其使用就趨於穩定，而
定意味着標準的出現和認同。

由於“馬”這個部件的使用範圍較廣，其字義屬性除了作為
於奔跑的動物名詞外，古代的交通工具亦多與它相關。它可以出
在字的左邊（圖 2-57）、下邊（圖 2-58），亦或是作為字根出現在

圖 2-57：

馳
孫過庭《書譜》
驗
王羲之《十七帖》
騾
高閑《草書千字文》

圖 2-58：

篤
王羲之《十七帖》
驚
孫過庭《書譜》
駕
趙構《洛神賦》

邊（圖 2-59）。儘管如此，其草法使用依然很統一。具體的用法，我們將在附圖中分別列出，以便驗證。不過這種草法穩定使用的規律，提醒我們還可嘗試結合其他偏旁或部件，將下列漢字的草書寫出，如"鎷""獁""螞""媽""嗎""瑪""碼"等。當然，僅《康熙字典》中就列出從"馬"的漢字有 192 個之多，如果我們有興趣，其草書亦均可按照草法標準的擴散原則一一寫出。

2-59：

馮 皇象《急就章》

憑 孫過庭《書譜》

馮 皇象《急就章》

字底符號

心　之　夊　皿

嚴格來說，"心"作為一個部件在字中出現並不能叫偏旁，以稱為"部首"，也可以叫"部件"。但不管名稱是甚麼，在草書"心"的標準草法基本有兩種：一為三點的連續組合"〰"，此草符號既可作為獨體字，亦可作為偏旁符號。其草法形成同樣應是寫減省的結果，在目前存世的草書經典作品中使用較為廣泛。（圖2-60）

圖2-60：

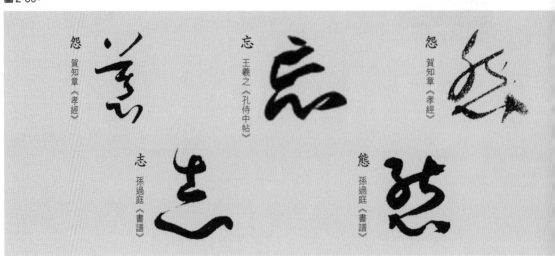

怨　賀知章《孝經》

忘　王羲之《孔侍中帖》

怨　賀知章《孝經》

志　孫過庭《書譜》

態　孫過庭《書譜》

　　"心"的另一種草法應為"〜"符號的進一步減省，作一橫畫表示"　"，和前一種相比，此草書偏旁符號應用同樣廣泛（圖2-61）。儘管在懷素《小草千字文》中，"想"字下部"心"的草書符號挪移了位置而且變得更短，不過其標準依然未變（圖2-62）。

2-61：

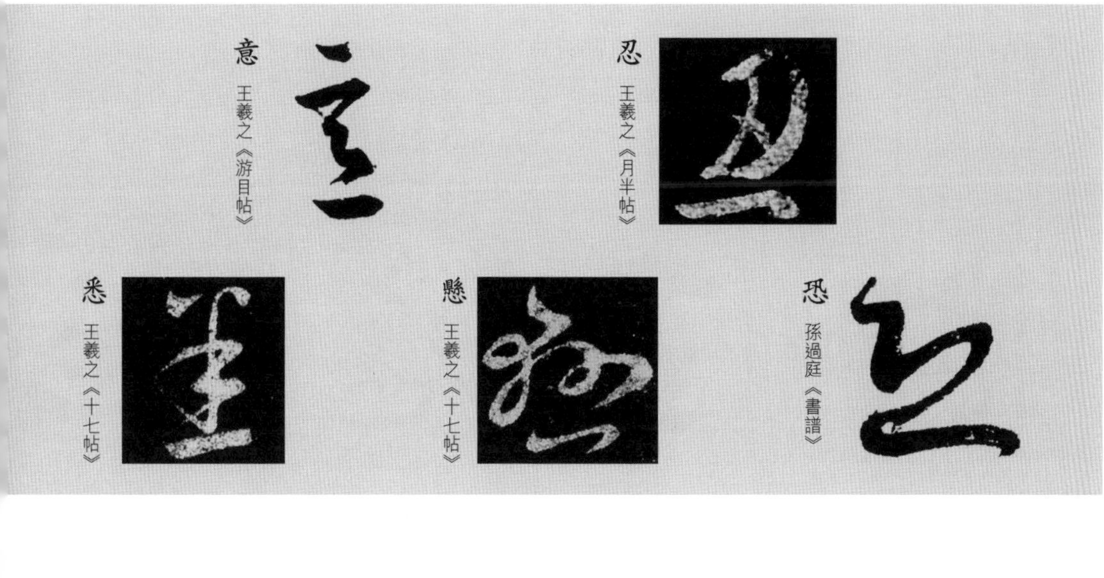

意 王羲之《游目帖》
忍 王羲之《月半帖》
悉 王羲之《十七帖》
懸 王羲之《十七帖》
恐 孫過庭《書譜》

2-62：

想 懷素《小草千字文》

二者共用相同的草法，可寫作"乀"或"乄"。這不僅是為它們字形接近，從字源學上來看，二者均有行走之意，即使通用亦不會產生歧義。在下列字的演變過程中，大概可以看出其偏旁字形解散與連筆產生過程，直至最終草書符號的形成，如銀 80、銀 923、居 563.1A、居 135.10、居 283.45、居 14.5具體到草書中的使用，我們從孫過庭《書譜》中列舉出下面這些字，說明如下（圖 2-63）。

圖 2-63：

過 孫過庭《書譜》

運 孫過庭《書譜》

庭 孫過庭《書譜》

挺 孫過庭《書譜》

"",這個草書偏旁變形幅度較大,但由秦漢古隸中的""到皇象《急就章》中的"",再到王羲之《十七帖》中"鹽"的下部"",我們依然可以清楚地看到其字形的演變到最終草法的形成。從"孟"下部的演變亦可得到驗證:毊居 560.1,毊居新。而一旦草法形成之後,則此種使轉符號即成了固定用法(圖 2-64)。

有時在快寫後,起筆會誇張變長,筆畫會斷開,但筆勢依然存在,即出現所謂的筆斷意連。仔細審視,其草法使轉標準依然和前面是一致的(圖 2-65)。

2-64:

| 血 《樓蘭漢文簡紙文書集成》(摹) | 鹽 王羲之《十七帖》 | 盍 孫過庭《書譜》 | 溫 孫過庭《書譜》 |

2-65:

| 藍 高閑《草書千字文》 | 盈 董其昌《臨歐陽詢草書千字文》 | 盍 懷素《小草千字文》 | 盜 懷素《小草千字文》 |

字頭符號

二　人　厂　戶　尸　广　艹　山　立
竹　　罒　　門　楸

"乚"，這兩個字頭由於在篆書中的形相近，比如"哀""全

其篆書分別寫作"忈""全"，故而其草法符號均為"乚"

"乚"，其形成應是在長期的快寫中慢慢固定下來的。在這裏，

們不得不重申本系列的草法研究並非單純的草書符號歸納，而是

於文字學理論上的字形拆分，以草書偏旁與草書字根為草書體的

成元素，以漢、晉、唐時代的草書經典作品為參考標準。所以，

使像"冖""人"等這些簡單的漢字偏旁和構件我們也要加以界

和區分，這樣在後面草書研究中才能有據可依。

　　"乚"或"乚"符號表面上有長短和轉折弧度的細微變化，

時還會產生斷筆（如附圖中"高"的兩種寫法：在王羲之《十七帖

裏，此符號產生了斷筆，但在祝允明《歸田賦》中，筆勢卻又

連）。在實際書寫中，其內在使轉筆勢和草法標準都是一樣的。下

我們分別驗證。（圖 2-66 至圖 2-69）

2-66，亠：

亦 孫過庭《書譜》　哀 賀知章《孝經》

2-67，"亠" 在較複雜字中的應用：

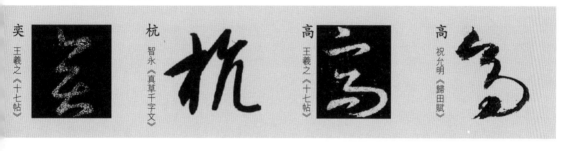

奕 王羲之《十七帖》　杭 智永《真草千字文》　高 王羲之《十七帖》　高 祝允明《歸田賦》

2-68，人：

令 王羲之《游目帖》　今 孫過庭《書譜》　合 孫過庭《書譜》

2-69，"人" 在較複雜字中的應用：

領 王羲之《游目帖》　陰 王羲之《初月帖》　餘 孫過庭《書譜》

厂、户、尸、广

　　$\cancel{1}$，這三個字頭的草書使轉符號為"厂"的快寫。我們以"尺"為例（因為尺、尸小篆為"尺、尸"，左邊乃合用一個部件），來觀察"尸"作為草書字頭的減省演變過程：尺居 56.12、乙居 491.8、居 110.25。在最後一個字"尺"中，其草法連筆已接近"$\cancel{1}$"。其我們回頭看看尸的篆書"尸"，本身就是篆引筆勢的一筆呵成。需要意的是，"尸"和"户"字在單獨書寫時，不可用此符號代替，而分別寫作"戶 王獻之《鐵石前佳帖》"和"尺（日）空海《新撰類抄》"。此外，"广"的草書符號保留有上面的點畫，要注意區分。下看一下厂、户、尸、广在字中的具體應用。（圖 2-70 至圖 2-73）

圖2-70 · 厂：

厚　王慈《柏酒帖》　　　厤　懷素《自敍帖》　　　厥　孫過庭《書譜》

圖2-71 · 户：

房　皇象《急就章》　　　扇　孫過庭《書譜》　　　肇　孫過庭《書譜》

2-72，尸：

屋　王羲之《十七帖》　尼　孫過庭《書譜》　屈　孫過庭《書譜》

2-73，广：

廣　孫過庭《書譜》　庚　孫過庭《書譜》　庶　孫過庭《書譜》

"〆"，草字頭的使轉符號在晉唐法帖中比較固定，不管在王羲之、懷素還是孫過庭的作品中，都能看到應用（圖 2-74）。孫過庭《書譜》中，"若"這個字儘管草頭下面的橫較短，但我們依然能清晰地看到這種標準用法的存在。"艹"還有另外一種連貫的用法"廾"，是一種連寫的變形，在經典作品使用也很廣泛，如《十七帖》中的"苦"，《小草千字文》中的"茂"，《書譜》的"花""芳"等字，即使在"敬"這個字中，也能看到此種草法的具體應用。（圖 2-75）

需要注意的是，在實際書寫中，不能按照簡化字來套用此規律。因為營（营）、鶯（莺）、榮（荣）等原本上部從"火"的字，簡化字中都從"艹"，但其草書寫法並不能從"〆"，而以連續的三個點表示，要注意區別。（圖 2-76）此外，"舊"這個字從繁體字來看，也不能作上述草書符號使用。因為從這個字的甲骨文和金文來看，分別作"🦉"和"🦉"，此字上部原本均不從"艹"，原意是指鳥眼睛，小篆"舊"在後世的傳寫中逐漸與"艹"相混。所以，不論在孫過庭還是趙孟頫的草書中，儘管下部草法各有差異，但上部草法均未從"艹"。（圖 2-77）這也是草書作為一種字體，其內在嚴謹性與文字學傳承性的表示。

圖 2-74：

若　孫過庭《書譜》

英　孫過庭《書譜》

蘭　孫過庭《書譜》

菜　王羲之《十七帖》

簡　懷素《自敘帖》

2-75:

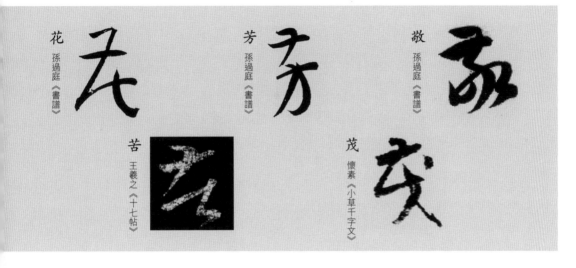

花 孫過庭《書譜》

芳 孫過庭《書譜》

敬 孫過庭《書譜》

苦 王羲之《十七帖》

茂 懷素《小草千字文》

2-76:

營（營） 王羲之《妹至帖》

鶯（鶯）（日）空海《新撰類林抄》

榮（荣）（日）小野道風《玉泉帖》

2-77:

舊 孫過庭《書譜》

舊 趙孟頫《羲之書扇帖》

"凵"，無論是作為左偏旁還是字頭符號，"山"字草化得均不算明顯，我們依然需要三個清晰的使轉動作方能完成。舉例說明如下。（圖 2-78、圖 2-79）

圖2-78，作為字頭：

豈　王羲之《奄至帖》　　崇　孫過庭《書譜》　　崖　孫過庭《書譜》　　嶺　懷素《自敍帖》

圖2-79，作為左偏旁使用：

峨　王羲之《游目帖》　　岫　懷素《小草千字文》

"立"、"立"或"立"，三種草法，分別出自懷素《小草千字文》、孫過庭《書譜》和智永《真草千字文》。可以看出，在"立"這個看似簡單的字上，草法標準卻是如此不統一。從表面上看，"立"的草書基本和行書區別不大，或者說幾乎不能算作一個草書。裘錫圭在《文字學概要》一書中認為"'立'由小篆演變為隸書、楷書之後，就都變成不能分析的記號字了"。"立"的篆書作"立"，原意指一人立於地平之上，上部為"亠"，草書使轉為"乚"，從這個角度看，懷素的草法"立"應是最為標準的一種，董其昌《臨歐陽詢草書千字文》中也作此寫法"立"。但為了避免和"直"的草書"直"產生混淆，故而在後世應用並不廣泛。而孫過庭的草法"立"，上部作斷開處理，也是遵循此規律，在實際使用中，由於此寫法多與晉人法帖吻合，故而成為通行的用法（圖 2-80）。而智永寫作"立"則似乎

2-80，"立"的應用：

是另一種變形。在實際使用中，唐代李世民、賀知章的作品中常□
此用法，特別在明清人的草書作品中更是多有應用，如祝允明、□
鐸等（圖 2-81）。

圖2-81，"吉"的應用：

音
李世民《屏風帖》

妾
賀知章《孝經》

響
祝允明《草書赤壁賦》

竭
王鐸《草書詩帖》

竹

　　"ʔ⁊"，此字頭草法的形成約可從"艸"到快寫帶來的字形分解"林"，再到王羲之《十七帖》中的"ʔʔ"中仔細推敲，竹字頭的草書符號形成過程約略可見。在孫過庭《書譜》中可看到此字頭的固定應用（圖2-82）。但竹字頭有時會和草字頭混用，寫作"ᴗ"。這是文字長期使用過程中形成的，在文字學領域，"竹、艹不分"屬於俗寫文字的通例。比如"簡"，本身就有作草字頭寫法"菅"，其義相同。"筆"在手寫體中也有寫作"葦"，也可通用（圖2-83）。

2-82:

2-83:

"⺈"，主要作為部件配合使用，不可單獨使用，要注意區
別。此草書符號在使用中也比較穩定（圖 2-84）。這個字頭的演變與
"門"的草法近似，但這種草化也許是因為容易混淆，所以在王羲之
《十七帖》和孫過庭《書譜》中，還保留了"⺁"的基本形態，即保
留了裏面的兩個短豎（圖 2-85），從這一點亦可見孫過庭對二王法度
的繼承。同時，這種細微的調整也使得草法內部系統更加縝密，避
免了相近字形帶來的混亂。

圖 2-84：

罪　黃庭堅
《廉頗藺相如列傳》

罷　董其昌
《杜甫醉歌行詩》

羈　李懷琳《嵇康與
山巨源絕交書》

圖 2-85：

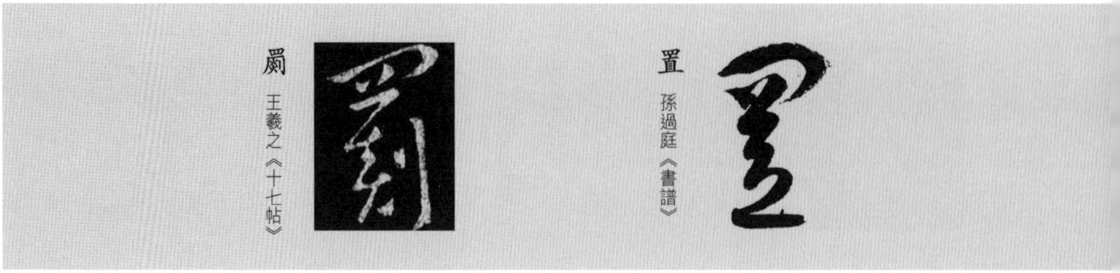

置　孫過庭《書譜》

屬　王羲之《十七帖》

門

　　"⁊"，這個符號大概在秦漢之際已經出現，從篆書"門"開始解散字形，作"門"羅21，再經過簡省筆畫，作"冂"居 311.33A，進一步簡省為"⁊居 325.14"，最後形成固定用法"⁊"居延漢簡 395.10。我們可以清楚地看到篆書字形解散、省筆、連筆快寫至草書符號形成的完整過程。其作為獨體字時可以寫作"⁊"。在與其他部件組成合體字時，草法標準基本固定為"◗歐陽詢《草書千字文》"。（圖 2-86）

2-86：

問　王羲之《十七帖》

間　孫過庭《書譜》

閑　孫過庭《書譜》

闊　孫過庭《書譜》

潤　孫過庭《書譜》

蘭　孫過庭《書譜》

"**枊**"，《偏類碑別字》中引《魏河州刺史乞伏寶墓誌》中，"攀"
作"**攀**"，張湧泉認為這是漢字形成中，把看起來不重要的一些構○
省略。[2] "枊"的草法形成，就是在快寫過程中把中間的"爻"構○
省去。草書的簡捷便利在這裏能很好地體現。反觀王鐸《五言律詩○
中"攀"上部字頭的寫法，雖然不能說王鐸草法有誤，但至少有○
古人草法簡捷之主旨，而作了不必要的使轉纏繞。（圖 2-87）

2　張湧泉：《漢語俗字研究》，第 79 頁。

圖 2-87：

| 攀 （日）空海 《新撰類林抄》 | 欝 懷素 《小草千字文》 | 攀 王鐸 《五言律詩》 | 欝 孫過庭 《書譜》 |

附：

草書偏旁符號列表

偏旁	草書符號	出處	偏旁	草書符號	出處
亻		孫過庭《書譜》	爿		孫過庭《書譜》
言		孫過庭《書譜》	馬		孫過庭《書譜》
刂		智永《真草千字文》	犭(犬)		王羲之《十七帖》
左阝		孫過庭《書譜》	弓		孫過庭《書譜》
右阝		孫過庭《書譜》	口		孫過庭《書譜》
卩		王羲之《游目帖》	飠		孫過庭《書譜》、高閑《草書千字文》
氵		孫過庭《書譜》	女		孫過庭《書譜》
彳		皇象《急就章》	巾		懷素《小草千字文》
糹(糸)		孫過庭《書譜》	山		孫過庭《書譜》
扌		孫過庭《書譜》	夊		王羲之《得示帖》
忄		王羲之《十七帖》	欠		王羲之《十七帖》
牛		孫過庭《書譜》	矢		孫過庭《書譜》
日		孫過庭《書譜》	禾		王羲之《十七帖》

續表

偏旁	草書符號	出處	偏旁	草書符號	出處
方		王羲之《十七帖》	石		孫過庭《書譜》
月		孫過庭《書譜》	礻		孫過庭《書譜》
車		孫過庭《書譜》	米		孫過庭《書譜》
火		懷素《小草千字文》、皇象《急就章》	虫		孫過庭《書譜》
貝		孫過庭《書譜》	舟		王羲之《奉黃甘帖》
歹		懷素《小草千字文》	頁		索靖《出師頌》
木		孫過庭《書譜》	角		皇象《急就章》
癶		孫過庭《書譜》	走		孫過庭《書譜》
礻		孫過庭《書譜》	豸		孫過庭《書譜》
白		懷素《小草千字文》	足		孫過庭《書譜》
釒		孫過庭《書譜》	身、耳		懷素《小草千字文》
目		孫過庭《書譜》	酉		顏真卿《祭姪稿》
亲		皇象《急就章》	竹		孫過庭《書譜》

續表

偏旁	草書符號	出處	偏旁	草書符號	出處
骨		孫過庭《書譜》	虍		孫過庭《書譜》
镸		懷素《小草千字文》	臤		懷素《小草千字文》
亠、人		孫過庭《書譜》	枞		（日）空海《新撰類林抄》
冖		孫過庭《書譜》	戀		孫過庭《書譜》
厂、戶、尸、广		王羲之《十七帖》	廾（音 gōng）		懷素《小草千字文》
宀		孫過庭《書譜》	辶、廴		孫過庭《書譜》
艹		孫過庭《書譜》	心		孫過庭《書譜》
門		孫過庭《書譜》	灬		孫過庭《書譜》
癶		孫過庭《書譜》	皿		王羲之《十七帖》
罒		李懷琳《嵇康與山巨源絕交書》			

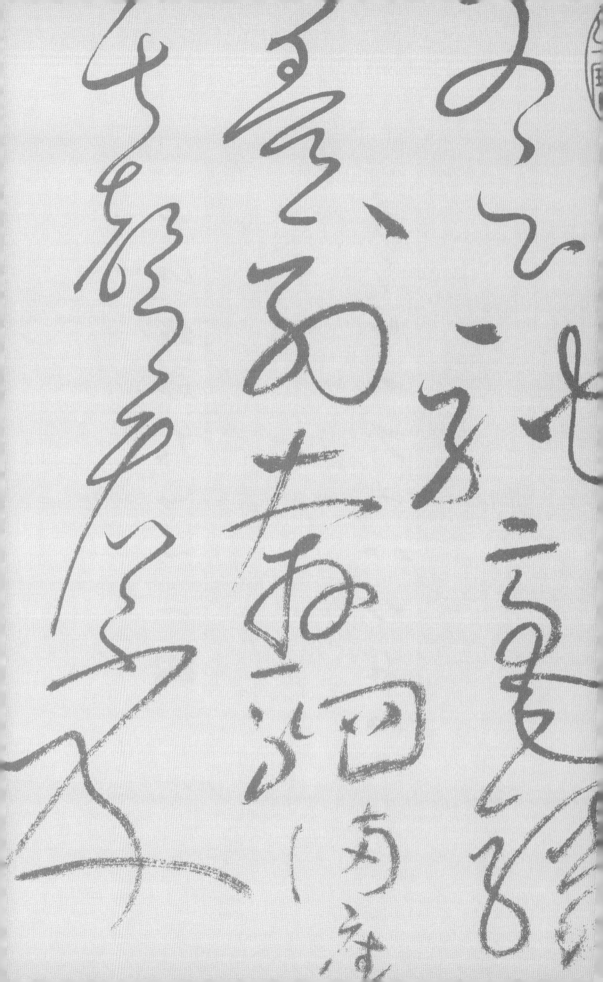

第三章 草書字根符號

附：草書字根符號列表

在前面部分，我們大致梳理了草書偏旁的形成及其標準的固定。除了偏旁符號外，構成草法的重要構件還有草書字根。字根是漢字生成構成的主要參與形式，宋人張世南已經注意到這一點，他說："自《說文》以字畫左旁為類，而《玉篇》傳之。不知右旁，亦多以類相從，如'戔'有淺小之義，故水之可涉者為'淺'，疾而有所不足者為'殘'，貨而不足重者為'賤'，木而青薄者為'棧'；'青'字有精明之義，日之無障蔽者為'晴'，水之無溷濁者為'清'，目之能明見者為'睛'，米之去粗皮者為'精'。凡此皆可類求。聊述兩端，以見其凡。"[1]

　　草書字根在文字學意義上來說，亦具有極強的穩定性與散發性。和漢字組合原理一樣，偏旁與字根之間的組合與循環使用，構成漢字草書的無限豐富性。一旦掌握了這兩者，草法的記憶能力、識讀能力將會成幾何級增長。即使是古人作品中未曾出現的草書，我們也能根據偏旁符號和字根的有機組合，將其草法推演出來。這樣，草書的書寫創作也將會進入快捷、準確的階段，草書的風格創新才能有堅實的基礎。

　　草書字根的形成，和草書偏旁一樣，其形成有一個漫長的演變過程，融合了字體和書體的諸種因素。誠如趙壹在《非草書》中所說，草書乃是以簡易為主要目的，以快寫為手段而產生的。一般情況下，我們利用現有資料，可以從篆書（主要是小篆）快寫下產生的字形解散到減省筆畫、偏旁合併挪移以及連筆，最終大約在漢末草法漸趨成熟，草書字根的標準亦基本形成。

2畫、3畫

几（幾）　　口　　也　　亡

1　（宋）張世南撰、張茂鵬點校：《遊宦紀聞》卷九，中華書局，1981，第 77 頁。

几（幾）

"𢆶"，篆書作"𢆶"，這個字下部與"成"極為相似。在敦煌馬圈灣木簡中，字形已經歷了解散、快寫等階段，為兩個"幺"的快寫連筆與"成"字草書"𢆶"的有機結合。這個複雜的草書字根在使用過程中是非常穩定的。需要注意的，在古代漢語中，"几"和"幾"的使用是有區別的，《説文》云："'几'，鳥之短羽也。"而"幾"則解釋為"微也"；再比如説"饑""飢"也是不同的兩個字，《説文》云："穀不孰為饑、餓也為飢。"正像"茶几"絕對不可寫作"茶幾"一樣，在古人草書作品中，也有明確區分，如孫過庭《書譜》。王羲之、孫過庭在寫"机"和"肌"這兩字時，就採用了"几"的草法，而寫"機"時，草法則完全不同。我們在使用時，首先要確定原字的準確義項，然後再採用不同的草法。（圖3-1）

3-1：

識　懷素《小草千字文》
機　孫過庭《書譜》
璣　懷素《小草千字文》
肌　王羲之《疾不退帖》
磯　陸游《自書詩卷》
机　孫過庭《書譜》

口

"口"可以作為偏旁，也可以作為一個部件在字中搭配使用。含有"口"部件的漢字數不勝數。僅以"呂""叩""品""器"等為例即可看出，其作為漢字基本構件的重要性。"口"的草書字根在長期的快寫及演變中，基本形成了"**ㄟ**""**ㄣ**"以及"**ㄟ**"三種形態，後兩種其實是同一種草法，只不過筆勢間有斷連的區別而已。需要提醒的是，"口"作為獨體字書寫時，和"月"字一樣，一般需作草化處理。"**ㄟ**""**ㄣ**"以及"**ㄟ**"作為"口"的草法使用，指當"口"作為偏旁或部件出現在組合字中時方遵循此規律。它的具體形變過程在這裏就不贅述，但其固定草法使用確實是存在的。我們以"口"草書字根第一種形式"**ㄟ**"為例到具體作品中驗證，從王羲之《初月帖》中的"吾"，張旭《古詩四帖》裏的"哲"及《書譜》中的"合""善"二字均可看出其穩定的使用（圖 3-2）。"**ㄟ**"的使用，一般多為"口"部件出於字的下部，使用是需要注意。這種用法甚至在同一字中出現兩個上下排列的"口"時，其草法標準也是相同的（圖 3-3）。

圖 3-2：

| 吾 王羲之《初月帖》 | 哲 張旭《古詩四帖》 | 合 孫過庭《書譜》 | 善 孫過庭《書譜》 |

圖 3-3：

| 閻 皇象《急就章》 | 莒 皇象《急就章》 | 宮 孫過庭《書譜》 | 呂 董其昌《臨歐陽詢草書千字文》 |

　　"口"草書字根第二種常見形式為"ㄩ"或"ㄣ"，前面講過，這兩種草法並沒有本質區別，無非是筆勢間的連筆與斷開。這種草法的形成過程，約可從漢簡草書中窺出緣由，如居延漢簡甲乙篇72.59中的"君 "、甘肅武威漢墓醫簡83甲中的"吾 "，其下部的"口"已解散快寫為三個點畫，最後形成現在的通行標準"ㄩ"，不過是快速的連寫而成。

　　我們還是分別舉例來說明他們在實際使用中的穩定性。第一種作連筆，可以從王羲之《遠宦帖》裏的"問"以及孫過庭《書譜》中的"右""石""啓"得到驗證（圖3-4）。第二種筆意斷開"ㄣ"，同樣從圖3-5中所列諸字能看出草書字根的穩定搭配使用。

3-4:

問
王羲之《遠宦帖》

右
孫過庭《書譜》

石
孫過庭《書譜》

啓
孫過庭《書譜》

3-5:

周
王羲之《大熱帖》

治
李世民《屏風帖》

和
賀知章《孝經》

告
孫過庭《書譜》

最後我們再來看看當一個字中左右方向出現兩個或兩個以上的"口"字時，草書的的使用標準是如何規範的。先看兩個並列的"口"出現在字中時，其多用兩點表示。如王羲之《十七帖》中的"單"，賀知章《孝經》中的"哭"，即使在《書譜》中"器"這個字上下出現了兩組"口"的組合，其草法標準也是固定的（圖3-6）。這種使用標準其實在漢代中期已經形成，如居延漢簡中的"器"，居59.34B。同樣，在複雜的部首組合中，此草法標準一直堅持，如皇象《急就章》裏的"驗"，《書譜》裏的"觀""權"（圖3-7）。而當一個字中出現了左右排列的三個"口"時，則通常以連續的三

圖3-6，"口"草法的綜合運用：

圖3-7：

點來表示，如李世民《屏風帖》中的"𣂏"，王寵《自書雜詩二種》中的"靈"，見圖 3-8。

　　按：由於"口"和"厶（音私）"在篆書字形上相似，如《六書通》中"厶"有作"○"。在碑別字中，這兩個部件也可互換，如"肱"與"（肱）"通用（見程章燦《讀〈六朝別字記新編〉札記》，《古刻新銓》第 87 頁，中華書局 2009 年版），據此，"右"和"厷"草法可通，如"右**右**"與"雄"字左邊"**雄**"王羲之《游目帖》。

3-8：

也

“”，這個字根的草法形成過程由右邊所列可以看出：“
《說文》、《六書通》、银 687、流遺 14。”在宋代以前的
書作品中，大都省去了一短豎，不過這種用法，應是在偏旁和字
組合時使用為宜，當“也”作為獨體字書寫時，最好不要省去，
作“居 505.25”是較為合適的。“也”作為一個字根具有穩定性
適用性，從王羲之《妹至帖》《十七帖》、孫過庭《書譜》以及趙
《真草養生論》中，我們能看出同一字根在不同書家和不同漢字中
草法均是穩定的（圖 3-9）。照此規律，如給“也”再加上不同的
旁，可以分別組成馳、肔、弛、阤、彵、她、牠、杝、他、衪、
匜、池等不同的漢字，結合草書偏旁，我們同樣可以將這些字的
書輕鬆寫出。

圖 3-9：

亡

　　“亡”，從篆書“凶”到《羅布淖爾考古記》所收漢簡（西漢
後期作品）“亡羅35”可以看出，這中間依然是快寫帶來的筆畫解
散和由繁就簡，而在西漢後期至東漢中期的作品中，“亡”的筆畫
更加解散，書寫節奏更加快速，作“亡漢晉西陲木簡48.18”，此
時“亡”草法基本接近後世通行的標準草法“亡”，並為大家廣泛接
受了。下面結合具體作品來看它的具體應用（圖3-10）。我們甚至還
可以結合草書偏旁將下列字的草法進行演繹，如“忙、硭、汒、笀、
杗、肮、虻、邙”等字，這種組合通變的方法，應該是草書內部的
重要演變規律，也是中國文字的神奇所在。

3-10:

忘　王羲之《孔侍中帖》　　芒　智永《真草千字文》　　妄　孫過庭《書譜》　　荒　懷素《小草千字文》

4畫

分　夫　斤　今　犬　氏　天　月　止

"{分}"，金文作"{少}"、小篆作"{八}"，這個草書字根的形成，不外乎篆書系統的字形解散、快寫與連筆，值得注意的是，"{分}"最後的收筆使轉動作與"刂"的草書符號是相同的，這也證明了草書符號雖然抽象，但極具穩定性和適用性。下面結合古代法帖，來看"分"作為草書字根的擴散應用（圖3-11）。同時，請結合草書偏旁符號，結合"{分}"這個字根，將汾、粉、芬、酚、玢、岕、坋、昐、紛、枌、炃、朌、砏、粉、秎、妢、吩、妨、蚡等字的的草書寫出來。

圖3-11：

雰
索靖《月儀帖》

紛
孫過庭《書譜》

貧
懷素《律公帖》

忿
趙構《真草養生論》

夫

　　"夫"，甲骨文作"夫"，指男孩子成人後行成人禮，把頭髮髻起來。從這個意象來說，這和"天"字上面一橫類似，均有指事之功能。《說文》："丈夫也，從大一，一以象簪也。周制以八寸為尺，十尺為丈，人長八尺，故曰丈夫。""天"和"夫"均借助人之外形來表意，這也造成了二字的草書使轉相當接近，只不過"夫"的草書上面需出頭而已。"夫"草書一旦形成，即有穩定的擴散功能，如《書譜》中扶、規、窺等字（圖 3-12）。結合草書偏旁，我們即可推演出芺、枎、蚨、妖、砆、玞、鳺等字的正確草法。不過，此字還有另一種草法使轉，雖然它不如前一種用法普及，在長期使用過程中也成為約定俗成的用法，如皇象《急就章》中寫作"夫"，後世米芾的作品中即有沿用此法的例證。

3-12：

扶　孫過庭《書譜》　　規　孫過庭《書譜》　　窺　孫過庭《書譜》　　輦　懷素《小草千字文》

斤

"彡"，小篆寫作"斤"，這兩個筆畫在快寫過程中，產生了連與省簡，最終形成了"彡"在運筆上的基本走勢，也就形成了穩定書字根。這種穩定性我們能從很多字中找到例證。如王羲之《其書帖》中之"斷"，《長風帖》中之"新"，《乖隔十八年帖》中之"漸"（圖3-13）。儘管"所"這個字的草法有多種，如懷素《自敘帖》孫過庭《書譜》中就形態各異，但在祝允明《牡丹賦》和日本代書家尊圓親王《雲州消息》作品中，依然可以看到保留有清的"斤"草書字根（圖3-14）。需要提及的是，當"斤"作為部件現在字中時，不要使用草書字根的寫法，最好作行書寫法，如智《真草千字文》中"欣"字、《書譜》中"匠"字。（圖3-15）最後們來思考一下下列字的草書當如何書寫：靳、忻、劻、斲、釿、馹昕、燉、妡、邧、俙、訢、晳、淅、蜥、晰、枡、薪、蜇、撕、辺芹、赿、析、祈、忻、炘、掀、愬、慚、斬等。

圖3-13：

斷
王羲之《其書帖》

漸
王羲之《乖隔十八年帖》

新
王羲之《長風帖》

薪
懷素《小草千字文》

圖3-14：

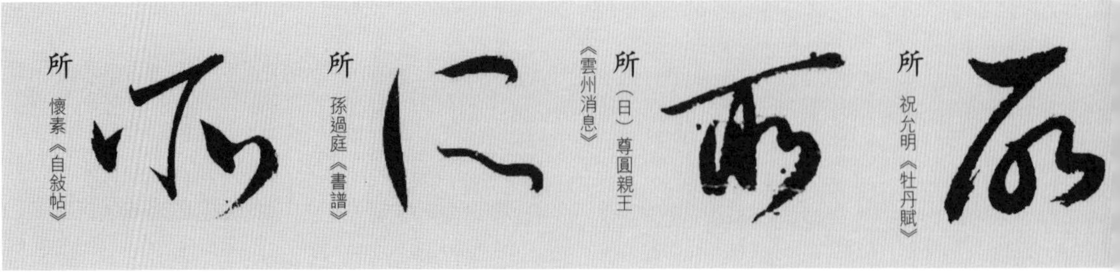

所
懷素《自敘帖》

所
孫過庭《書譜》

所
（日）尊圓親王《雲州消息》

所
祝允明《牡丹賦》

　　拓展："兵"這個字比較特殊，表面看上部似乎從"丘"，其實不然，此字甲骨寫作"⿰"，為雙手執刃之狀，小篆亦從斤，如"⿰"，故而其草法應以"斤"為基準。後世漢簡中如此，如"兵 居128.1"，晉人亦是如此，如謝璠伯《江東精兵帖》中寫作"⿰"，宋人黃庭堅《廉頗藺相如列傳》中寫作"⿰"，由此可見基於篆書系統的草書字根的穩定性。

3-15:

欣
智永《真草千字文》

匠
孫過庭《書譜》

　　"ㄥ"，在篆書至漢簡的演變過程中，字形是一脈相承的，如"今《説文》、ㄎ居217.16、ㄥ居178.10"，但其在草書的形成過〔程〕中，趨於就簡原則，省併了最後的一個筆畫，形成草書字根的固〔定〕用法"ㄥ王羲之《十七帖》"。儘管這種省併過程，目前還無法從〔現〕有的資料中梳理出清晰的字形蛻變脈絡，也無法從文字學原理上〔找〕出合理的解釋，但有一點可以肯定，即這種省併一旦形成固定的〔草〕書字根，就可以進入拓展使用，配合偏旁或其他漢字部件循環搭〔配〕形成草法的規律性和穩定性。比如孫過庭《書譜》中的"琴""矜"〔，〕唐人《月儀帖》中的"吟"，賀知章《孝經》中的"衾"，都可以〔找〕到"今"作為草書字根的固定使用（圖3-16）。在日本古代書家空〔海〕的《新撰類林抄》中，"岑"的草法也是遵循這一規律。甚至在較〔為〕複雜的字形中，只要其篆書中存在"今"字根，其草法亦是據此〔推〕出，如在"陰""蔭"等字中，我們可以看出孫過庭和趙構均沿用〔此〕法則（圖3-17）。其實，在《偏類碑別字》中，引《魏鄒縣男唐耀

圖3-16：

琴　孫過庭《書譜》　　矜　孫過庭《書譜》　　吟　唐人《月儀帖》（傳）　　衾　賀知章《孝經》

圖3-17：

岑　（日）空海《新撰類林抄》　　陰　孫過庭《書譜》　　蔭　趙構《洛神賦》

誌》，已有"陰"，此字和"陰"同。配合草書偏旁，我們亦可以輕鬆地將下列字的草法正確演繹，如聆、砼、枔、泠、伶、怜、趛、蛉、捈等。

　　拓展：可能由於"今"的草法字根，在"居178.10"到""的省併過程中過於激進，省去了下部的使轉筆畫，亦無法找到文字學原理上的支撐，故而在個別字的草法書寫中，我們能看到一些特別的用法。比如皇象《急就章》和康里巎巎《梓人傳》中"貪"的草法中，其上部"今"的使轉方法就和黃庭堅的用法不同（圖3-18）。另外，"含"字的草法也有此類問題，在宋克草書《唐人歌》中，上部"今"的草法依然採取了皇象的草法習慣，不過這樣變通應是非常合理的，因為"含"的上部如果還採用""書寫規律，則最終其草法就會與"合"字沒有區別。這應該也是草書作為一種書體自身發展的過程中漸趨精確性與合理性的一個體現。

3-18：

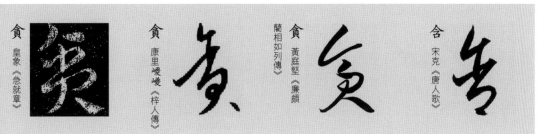

犬

"犬"，從小篆"犮"以及敦煌馬圈灣木簡中"犮"，約可看"犮"右上部的短弧筆畫在快寫中被省去，與橫畫連為一筆，但留上翹姿態以表示這一筆畫的存在。從居延漢簡中"犮居67.7"進一步看出快寫後，筆斷意連的勢態已基本定型，這時的草法已懷素《小草千字文》中的"犬"沒有甚麼區別了，右上角的點畫明確省去。這種用法在草書是一種約定用法，如懷素《小草千字文》中"甫甫"，右上部點畫亦未寫出。"犬"這個字根在與偏旁符號搭配使用中是相當穩定的，如："伏、狀"等字的草書，甚至歐陽《草書千字文》中"莽"字中，"犬"只是作為中間的一個部件，草法仍一以貫之。日本古代書家空海在《新撰類林抄》中所寫的書"吠"，其右上部還保留了一個點，可以看出作者在書寫時還在結"犬"上部的點畫該如何處理（圖3-19）。至今還有不少人容易"犬""大"二字的草書混淆。

圖3-19：

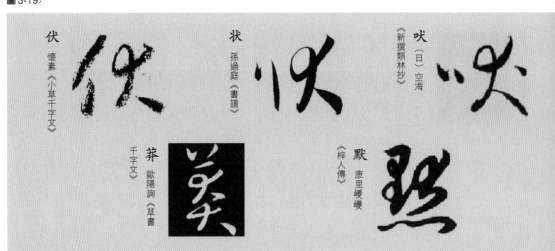

伏　懷素《小草千字文》

狀　孫過庭《書譜》

吠（日）空海《新撰類林抄》

莽　歐陽詢《草書千字文》

默　康里巙巙《梓人傳》

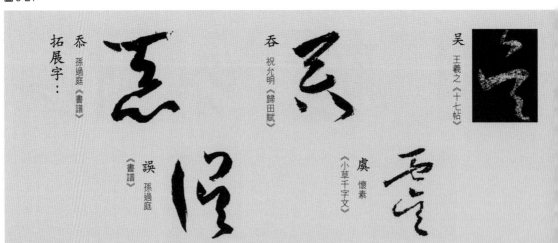

"天"，這個字根應用也比較廣泛。天，甲骨文作"天"，金〔
作"天"，均刻意強調人頭之上的部分。《説文》云："天，顛也，〔
高無上。"指最高的部分。作為草書字根，其形成過程約是這樣的〔
"天《説文》、天銀雀山漢簡699、天流沙墜簡‧戍役類 II、天〔
煌馬圈灣木簡。"再到索靖《出師頌》中"天"，孫過庭《書譜》〔
的"天"，快寫帶來的字形解散、減省與連帶，最終形成了"天"〔
草書固定寫法。作為草書字根，其穩定的散發功能與可搭配性體〔
在下列字中，如《書譜》中的"忝"，祝允明《歸田賦》中的"吞"〔
以及王羲之《十七帖》中的"吳"。而"吳"作為"天"的二級〔
根，其穩定的散發性又體現在《書譜》中"誤"、懷素《小草千〔
文》中"虞"等字上（圖3-21）。同樣，配合草書偏旁，我們也可〔
鬆寫出螟、溟、娛、瀀、鸏、捼、荎、添等字的草法。

圖3-21：

拓展字：

忝　孫過庭《書譜》

誤　《書譜》

吞　祝允明《歸田賦》

虞　懷素《小草千字文》

吳　王羲之《十七帖》

　　拓展：在草書創作中，"蠶"是一個常用的字，比如李商隱 "春蠶到死絲方盡"，羅隱 "滿身羅綺者，不是養蠶人"，都是膾炙人口，常誦常寫的名篇。"蠶" 甲骨作 ""，本義為蟲之一種。但 "蠶" 的草法是非常棘手的，因為 "蠶" 有 "蠺""蚕""蜑" 等不同的異形，其草書又幾乎不見於宋之前的古帖。從文字學角度考量，這幾個字其實是音義皆同的字，它們之間只是互為異體而已[2]，有了文字學理論的支撐，這個字的草書其實可以依據最簡化的字形，借助草書字根來書寫，即上部為 ""，下部為 "" 皇象《急就章》的組合即可。

2　趙紅：《敦煌寫本漢字論考》上海，上海古籍出版社，2012，第 53 頁。

月

"**月**"這個字根的形成過程在草書偏旁部分已經提過，其演變況是這樣的："**月**小篆、**月**居 150.20A、**勹**流遺 14、**勺**流廩 14、**月**居 188.36、**勺**居新、**月**王羲之《十七帖》'胡'字右邊、**月**杜預《歲忽已終帖》'聞'字下部。"這一過程中，筆畫不斷減省，速度漸加快，猶如一段動態的畫面。需要注意的是，草書"月"的起筆沒有通常所認為的橫畫，這種誤會大概從明代就開始了，如韓亨《草訣百韻歌》中，"月"書作"**勹**"，很有可能是看到"朔**秒**""明**乃**"等字時產生的誤讀，其實這乃是快寫產生的連筆。王《省示帖》中"明**明**"及杜預《歲忽已終帖》中的這個"聞**月**"（見《淳化閣帖》），是"月"的草書字根運用的最好例證。作為草字根，"月"有着很強的應用，可以衍生出許多二級字根。比如更"明"和"胡"的草法（圖 3-22），我們可以將玥、岍、蚏、鈅、跀、捐、湖、糊、瑚、蝴、煳、葫、蝴、楜、猢、鶘、鰗等字的草書出。根據二級字根"胃"，可以將謂、渭、猬、媚等字的草書寫出根據二級字根"有"，可以準確寫出洧、陏、侑、肴、絠、宥、鍻、梄、髄等字的草書。根據二級字根"青"，還可以寫出猜、圊、鰖、蜻、箐、儬、靑、綪、鵲、瀧、婧、腈、睛等字的草書。

有一點需要強調的，即"月"在作為獨體字使用時，其草書作行書寫法，如"**月**王羲之《初月帖》"，至少筆者在目前所能見的唐代以前的法帖中大多如此。

3-22：

明 索靖《月儀帖》

胡 王羲之《十七帖》

朔 孫過庭《書譜》

胃 王羲之《長風帖》

謂 孫過庭《書譜》

有 孫過庭《書譜》

隨 孫過庭《書譜》

脩 孫過庭《書譜》

青 孫過庭《書譜》

菁 孫過庭《書譜》

精 孫過庭《書譜》

情 孫過庭《書譜》

靜 王羲之《十七帖》

"止"，這個字根非常重要，而且有着極其強大的散發性。它

逐步形成可從篆書至漢簡不同形態中略窺端倪：在止《説文》、止

延漢簡甲乙篇 169.5、止居 526.3A，最後到孫過庭《書譜》中"止"

的演變過程中，可以清晰地看出字體解散、筆畫減省合併的過程。

當減省到一定程度並形成約定俗成的規範時，即形成一個非常穩定

的草書字根。從古人作品中我們可以看到"止"字根的使用非常穩

定，如"正"的草書，就是一橫配合一個"止"，趙構《洛神賦》

的"沚"寫作，亦是秉承草法的穩定性，即使像"澀"的草書，其

草法貌似複雜，其實也僅是三點水配合三個"止"的連續運用而已。

其他如王獻之所書"政"字，其中依然保留"止"的草法使轉（圖

3-23）。按照此規律，結合前面講過的草書偏旁，不用借助草書字典

可以輕鬆地將下列草書寫出來，如：症、証、趾、址、址、祉、歨、

征、炡等。

拓展：

一、我們再來看兩個字，王羲之《重熙帖》中的"熙"、

《十七帖》中的"頤"。仔細分析其草法，也會發現"止"字

根的存在。那麼這就與字根的穩定性產生了矛盾。但從文

學角度來分析，卻有共通之處。高二適在《新訂急就章及考

證》中引漢隸《鄭固碑》及《孫叔敖碑》，證明"姬""娡"

字可通用[3]。考"娡"乃形容女子容貌端莊，與"姬"義同。

3　高二適：《新訂急就章及考證》，上海古籍出版社，1982，第 30 頁。

圖3-23：

正
孫過庭《書譜》

沚
趙構《洛神賦》

澀
孫過庭《書譜》

政
王獻之
《天寶疾患帖》

此可知"正"與"姬"右邊草法可通。我們還能找到直接的例子，如東漢早期漢簡中，"莊"即寫作"甘肅武威漢墓 57"。可以看出，"止"字根的使用已經出現。而"賢"的左上角為"臣"，和"姬"的右邊非常相似，在小篆中甚至也有寫作"賢"，二者可通。我們看西漢早期的簡牘草書中，"賢"字左上部草法的由來，也是據此而來的，如西漢《神烏傳》中"賢"字，草法已具雛形。後來在演化過程中，又有省略，如皇象《急就章》中之"賢"字。（圖 3-24）

二、延，小篆作"延"，由於此字中含有"止"字根，故而其草法標準亦穩定，草法規律亦可類推。如趙構《真草養生論》中之"延"字。再以"延"為草書字根，來考察孫過庭《書譜》中的"挻""誕"以及懷素《小草千字文》中"筵"字的草法，草書字根的擴散使用可見一斑（圖 3-25）。據此規律結合草書偏旁，同樣可輕鬆寫出蜒、娫、鄜、埏、駣等字的標準草書。

3-24：

3-25：

三、據由"止"的草書字根，還可將下列字的草法由來剖析清楚，不過這些字因為筆畫的繁多或書寫習慣的差異，字根表徵不一目瞭然，但熟練的草書作者還是能體會到。比如懷素《小草千文》的"武己"中，雖然"止"的草法不是那麼顯而易見，但使轉規律依然存在。最後的拋鈎與點畫的配合，與"止"的草法轉如出一轍。為了使我們更好地理解，在這裏把這個字由篆書的形分化至草法的基本形成過程單獨列出來：走《説文》、迀銀96、武居63.11、走漢57.4、走流虜12、击皇象《急就章》、艺王義《十七帖》、己，當這個字的草法固定後，其即可作為字根搭配使用，如：《書譜》中"賦己"。相比而言，如"步""涉"的草法，"企""肯"、"歷""櫪"的草法，其中"止"字根的穩定性與擴散性就比較明顯的。（圖 3-26）

圖3-26：

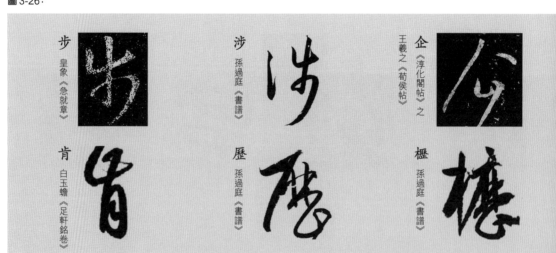

步　皇象《急就章》

涉　孫過庭《書譜》

企　《淳化閣帖》之王義之《荀侯帖》

肯　白玉蟾《足軒銘卷》

歷　孫過庭《書譜》

櫪　孫過庭《書譜》

5畫

包、尒(爾)、巨、令、矛、皮、疋、且、台、夗、乍

"包",這個草書字根的形成過程由於缺少詳細的圖片資料,暫無法詳列。但據草法生成規律,可以結合草書偏旁符號,參考附圖,將跑、咆、鮑、胞、抱、佨、苞、孢、刨、枹、飽、砲、鉋、炮、笣、蚫、袍等字的草書一併寫出。(圖 3-27)

3-27:

庖 孫過庭《書譜》　　飽 高閑《草書千字文》　　袍 (日)空海《新撰類林抄》

尒（爾）

“尒”，我們從懷素《小草千字文》中“邇”與“珍”的草[法]可以看出，“爾”和“尒（即‘珍’的右邊）”的草法基本相同（[圖]3-28），二字的篆書分別作“爾”和“尒”，似乎並無相同之處，[但]它們之間必然有着文字學上的聯繫，比如“珍”“珎”其實就是同[一]個字，再比如“趁”“趨”也是如此。有關“爾”“尒”互用的現象，文字學界已有揭示。比如蔡忠霖認為在隸書中，二字已互用，劉[釗]則認為爾、尒均是從“爾”的分化而來，最早可追溯至戰國，“尒[”]取金文“爾”中“尒”之形[4]。從字形演變角度來看，劉釗的觀點[應]該是較為可信的。不管怎樣，作為草法的探討，我們應該接受這[一]事實，即“爾”“尒”兩個字根出現在草書中時，它們的草法是[可]以互用的。另外，從音韻學的角度來也可做一些解釋，因為二字[有]着相同的讀音，均念 ěr。根據以上規律，嘗試書寫繭、嫡、璽、[言]疹、畛、駗等字的草書。

4　轉引自梁春勝《楷書部件演變研究》，復旦大學漢語言文字學專業博士論文，2009 年，第 13 頁。

圖 3-28：

軫
皇象《急就章》

彌
王羲之《二謝帖》

邇
懷素《小草千字文》

珍
懷素《小草千字文》

　　拓展："尒"一個獨體字，在它與其他偏旁或部件組合後，可以形成一個二級字根，如"翏"，而"翏"的散發功能則更強，如漻、繆、摎、膠、謬、蓼、轇、廖等字就是例證。細看索靖草書"戮"的左下部、歐陽詢《草書千字文》中"寥"以及趙構《真草養生論》中"醪"的右下部，可以看出其草法皆來源於"尒"（圖 3-29）。

　　思考："稱"的草法，應是根據當時俗書"称"而來。從李懷琳以及孫過庭的作品中可以看出，而在張瑞圖的草書中則尤為清晰，其右邊草法均是"爾"的快寫。（圖 3-30）

3-29:

戮　索靖書，見《淳化閣帖》卷三

寥　歐陽詢《草書千字文》

醪　趙構《真草養生論》

蓼　趙孟頫《臨急就章》

3-30:

稱（称）李懷琳《嵇康與山巨源絕交書》

稱（称）孫過庭《書譜》

稱（称）張瑞圖《杜甫飲中八仙歌》

巨

　　"　"，小篆作"巨"，在敦煌馬圈灣木簡中可以看見快寫帶的字形解散，寫作"巨"，從居延漢簡中，又看到了筆畫間有連筆加，寫作"　居 332.5"，最終形成固定的草書字根"　"，在懷《小草千字文》和孫過庭《書譜》中可以看到其穩定應用。這個字具有強大的構字功能，我們可以據此擬出距、拒、炬、苣、岠、妯、洰、蚷、秬、磲、榘、蕖等字的草法。（圖 3-31）

圖 3-31：

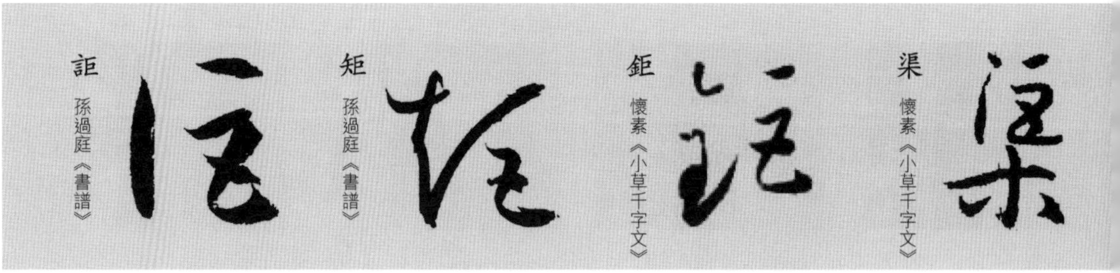

詎　孫過庭《書譜》　　矩　孫過庭《書譜》　　鉅　懷素《小草千字文》　　渠　懷素《小草千字文》

"令"，這個草書字根的形成，可參見"今"字根演變過程。當其草法固定後，即幾乎成為放之四海而皆準的通行用法。比如皇象《急就章》中"苓"，張旭《肚痛帖》中"冷"，懷素《自敍帖》中"零""聆"字，無一不是堅持此標準。甚至在王羲之《游目帖》中，"領"字左邊儘管有些筆畫縈帶上的方向變化，但其草法確實是一以貫之的（圖 3-32）。根據此種規律，玲、鈴、伶、泠、坽、矜、翎、衿、羚等字的草法也就不需死記硬背了。

3-32:

　　"矛"，小篆作""，這個字根的形成分解過程目前還缺少多字例來演示説明。把皇象《急就章》中"茅茅"的下部作連筆寫，就形成了"矛"的草書字根。如孫過庭《書譜》中"矜、務"二字左邊的草法以及（日）空海《新撰類林抄》中"矛"字的草法，"矛"與反文旁組合成一個二級字根"敄"，參考《書譜》中"鶩"的草法，可以正確寫出桀、鞪、婺、騖、嫠、堥、愗、蝥、杍、等字的草書。"矛"和"木"組合成二級字根"柔"，據此我們還可以寫出蹂、揉、鞣、鍒、瑈、媃、葇、燥、樑、腬、鰇、騥、蝚、渘、鶔等字的草書。（圖 3-33）

圖 3-33:

皮

　　"$皮$"，這個字根草化並不明顯，基本上是屬於正體的連筆快寫。但其穩定的散發功能在經典草書作品中是顯而易見的，見圖3-34中孫過庭、懷素作品。據此結合草書偏旁，即可以輕鬆將破、岥、玻、陂、波、菠、婆、簸、跛、瓞、髲、駊、骳、鞁、鈹、蚾等字的草書寫出。

-34：

彼　孫過庭《書譜》　　披　孫過庭《書譜》　　頗　李世民《屏風帖》　　疲　懷素《小草千字文》

疋　"疋"的草法和"足"的草法非常接近。以"是"字為例，我們來看看"疋"的草法演變過程："是《說文》、是居 139.38、銀雀山漢簡 687、居 26.11B，最終固定為"。"前文已講述"疋"在《說文》中也有"足"的意思，當出現在草書中時，常可以看到足、之、疋的草書符號互用的情況。此種情況不僅在草書中出現，如《曹全碑》中"定"，唐徐浩《不空和尚碑》中作""，下部就寫作"之"。下面，我們還是從大量的經典草書作品中來追尋"疋"字根的穩定應用（圖 3-35）。通過與草書偏旁的有機組合，我們還可以將更多的草法演繹出來。掌握了這把鑰匙，即使是古帖中未嘗見過的草書也不會影響我們的創作書寫。比如往、提、褆、偍、媞、瑅、�、鍉、啶、掟、腚、綻、娗、琔、潀、怔、橙、磴、璻等字的草書。古人造字的全部奧秘，真正就在老子的那句"天生道，道生一，一生二，二生三，三生萬物"之中。

3-35：

是　王羲之《十七帖》

定　王羲之《虞義興帖》

楚　李世民《屏風帖》

旋　王羲之《游目帖》

錠　皇象《急就章》

綻　（日）空海《新撰類林抄》

疑　孫過庭《書譜》

擬　《書譜》

凝　王凝之《授衣帖》

礙　（日）空海《新撰類林抄》

癡　董其昌《羅漢贊等書卷》

從　王羲之《十七帖》

縱　孫過庭《書譜》

且

　　"且"，這個草書字根應該是快寫形成的，其使用的穩定性和煥發性可從圖 3-36 中看出。更為重要的是，與此字根相關的漢字，如趄、祖、租、詛、粗、珇、蒩、鉏、靻、砠、岨、伹、坦、粗、跙、蛆、雎、徂等字，可以借助草書的配合演繹出來。

圖 3-36：

宜
敦煌馬圈灣木簡

組
懷素《小草千字文》

粗
孫過庭《書譜》

阻
孫過庭《書譜》

台

　　"乚"，上部未作過多草化，下部以兩點表示，為"口"草書符號。其實不需要太多字例來證明，我們也能體會這是篆書"㠯"在快寫、字形解散後的必然結果。當然，這中間的演變過程必然是漫長的。當它一旦穩定後，就具備了草書字根的穩定性與擴散性。如李世民《屏風帖》中"治"字、《書譜》中"怡""怠"二字（圖3-37）。不過，在更多時候，"台"的草書符號會以"る"來表示，由於書寫更為便捷，故使用更為廣泛，如《書譜》中"始""貽"二字，賀知章《孝經》中"治"字以及（日）空海《新撰類林抄》中之"苔"字。（圖 3-38）

3-37：

治
李世民《屏風帖》

怡
孫過庭《書譜》

怠
孫過庭《書譜》

3-38：

始
孫過庭《書譜》

貽
孫過庭《書譜》

治
賀知章《孝經》

苔（日）空海
《新撰類林抄》

"台"字草法使轉之所以出現兩種狀態，很有可能是因為在□際書寫過程中，台"□"和"艮"的草法"□"極易相混，由智□《真草千字文》中"根□"和《書譜》中"很□"可以看出其穩□使用。"□""□"二者間在開口和收筆上有所區別，但在草書快□書寫中，不加注意則難分彼此。為了不致在同一幅作品中引起誤讀□適當加以區分是很有必要的。相比較而言，"□"這樣的寫法更具□與"台"對應的唯一性，不至於與其他字根混淆。事實上，艮"□□作為草書字根，其使用也是相對穩定的（圖 3-39）。綜合以上論述□結合草書偏旁，我們可以嘗試將胎、抬、枱、跆、迨、飴、很、狠□哏等字的草法擬出。

圖 3-39：

夗

“夗”，小篆作“夗”，雖然目前還缺少更多的字例來演示其蛻變過程，但可以明確的是，其在章草與今草中，草法均有着極強的穩定性。此外，作為草書字根，還有着較強的擴散性，如《書譜》中“怨”字。在與“宀”搭配後，其擴散性進一步加強，如，孫過庭《書譜》中“婉”字、趙構《洛神賦》中“腕”以及趙孟頫《臨急就章》中“菀”等字。（圖 3-40）按照草書偏旁符號與草書字根進行搭配，下列字的草法也就明晰了，如：苑、鴛、㛄、碗、琬、蜿、婉、惋、埦、倇、豌等。

3-40：

"ㄑ"，小篆作"ㄴ"，此草法的形成軌跡，我們可借鑒"作"字從篆書至今草的演變過程來窺知一二："伜《六書通》、作武6化居522.3、作流遺14、作居87.17、作。"這一過程中，明顯可見在筆畫的快寫減省。就"乍"字而言，其草法"ㄑ"的形成過程亦不外如此。在索靖《出師頌》、李世民《屏風帖》以及孫過庭《書譜》等作品中可以看到"乍"作為草書字根的穩定應用（圖3-40）由此我們可以推定酢、岞、胙、阼、筰、炸、咋、榨、蚱、砟、鮓、苲等字的草法。

另外，有一個字比較特殊，即"昨"字。在王羲之傳世作品均被寫作"昨《初月帖》"，而這種草法的形成過程就不得而知了但至少我們知道這樣的草法使用應屬於比較特殊的例子，因為它不能作為草書字根普遍適用。

圖3-41：

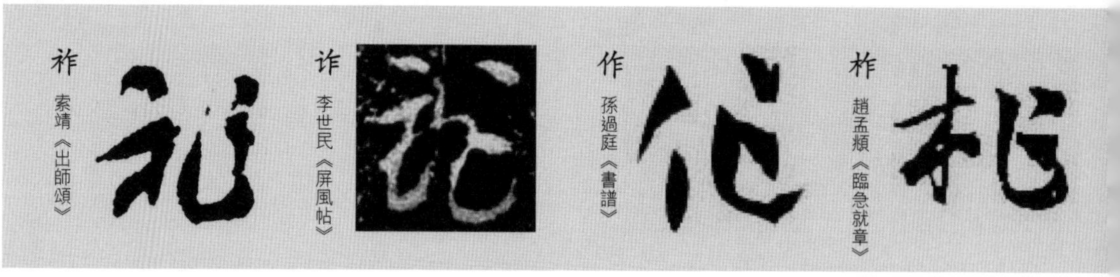

| 祚 趙孟頫《臨急就章》 | 作 孫過庭《書譜》 | 詐 李世民《屏風帖》 | 祚 索靖《出師頌》 |

6畫

此　次　成　耳　亘　共　亥　合　白
聿　寺　羊　衣　早　至

此

"此"，這個草書字根其實也是據"止"擴散而來，由其左邊的草法可以看出。即使是王羲之、孫過庭、懷素諸人所書的同一"此"字，儘管各家所書面貌略有小異，或方或圓，或重疊，或交叉，但細細推敲，其使轉標準卻都是一致的。再由"此"擴散到"疵""紫""柴"等字，我們都能從皇象、智永、陸游等人的作品中看到這種草書字根的穩定應用。（圖3-42）推而廣之，如果結合草書偏旁，泚、呲、訛、疵、佌、玭等字的草法也將可以拋棄以往死記硬背的方法，從文字學出發的草書字根角度去思考，草法就會變得易寫易記。

3-42:

"ㄑㄑ"，這個草書字根的左邊為兩點水"冫"的通常草法，右邊"欠"的使轉符號如果不和"冫"配合使用，幾乎不能辨識，也不能作為獨立的草書符號使用。一旦配合使用，"ㄑㄑ"作為"次"的草書字根符號，具有排他性和唯一性，即這個符號只能對應"次"這個字，即使在部件較多的組合字中，其使用也是非常穩定。具體應用在王羲之、懷素乃至日本書家空海的作品中均能看到。(圖 3-43) 由此及彼，我們可以嘗試將恣、粢、餈、咨、栥、瓷、粂、坴、資、濱、諮、趑的草法寫出，儘管這些字中有些很陌生，幾乎是已經"休眠"的漢字，但它們的草法是存在的。

圖 3-43：

資　王羲之《十七帖》　　盜　懷素《小草千字文》　　姿　懷素《小草千字文》　　茨　(日) 空海《新撰類林抄》

成

“成”，小篆作“成《六書通》”，在銀雀山漢簡中，我們看到字形被解散並拉長，作“成 銀 681”，“成”左邊一筆被縮短，這為以後書寫速度加快打下基礎。在流沙墜簡中由於書寫速度加快，可以看到分散的筆畫被連綴起來，如“成 流簿 21”。在居延漢簡中，可以從“城”字的右邊看到草法已經成型，如“城 居乙附 11”，因為這時已經和王羲之《十七帖》中的“城”如出一轍了。當草法一旦成型後，即成為草書字根，可以穩定搭配使用，如王羲之《游目帖》中的“盛”，趙構《真草養生論》中“誠”等字。（圖 3-44）

此外，這裏需要説明一下“成”字中的點畫問題，比如賀知章《孝經》中寫作“成”。我們看到“成”字的兩種寫法，存在着有點與無點的區別，這種情況在寫“刂”旁時也曾遇到過。理論上來説，

3-44：

城 王羲之《十七帖》　　盛 王羲之《游目帖》　　誠 趙構《真草養生論》

帶有點畫是比較嚴謹的寫法，但一般情況下，"成"字收筆如果向
連帶則可不寫點。如往收筆時向上連帶，則有點為宜。草書中點
的重要性似乎真應了孫過庭那句"草以使轉為形質，點畫為性情
了，形質不可馬虎，否則失之毫釐差之千里，而性情之物則似乎
可有可無了。

　　拓展：來""，這個字在書寫中經常會和"成"的草書
混，即使有多年草書書寫經驗的人也經常容易混淆。但仔細觀察
"來"的草書起筆是平直的橫畫，沒有小短豎，仔細比較"来"
"其"的起筆就一目瞭然了。我們不妨瀏覽一下"來"字草書的
變過程，不管字形如何變化，這一點是一直堅持的：来金文、
居 435.5、李 居 255.24B、亥 居 116.4、王羲之《十七帖》。另夕
"來"字的收筆從未有點畫，這也是重要的區分標誌。同時，"來
也是一個具有散發功能的草書字根，如懷素《小草千字文》中"
初"字即是一例，據此可以正確擬出萊、睞、淶、徠、賚、錸等
的草法。

耳

“”，從小篆“”可以看出，這個字根的草法無疑也是字形解散後的快寫減省形成的。皇象《急就章》中“茸”的下部還保留有未減省徹底的筆畫，如“”。但在“聞”這個草書中，“耳”作為一個字根，似乎減省得只存其大概了，但依然保留草法使轉之本質。而“取”字左邊的草法則是斷筆的結果。（圖 3-45）不管如何，作為草書字根，其穩定性和散發性均能從作品中得到驗證。結合草書，我們還能將下列字的草書正確寫出，如揖、弭、聸、葞、聋、咠、緝、葺、偖、媎、揖、輯、偮、楫等。

3-45：

聞
索靖《七月廿六日帖》
取
孫過庭《書譜》
聲
懷素《自敘帖》
餌
懷素《聖母帖》

"$\mathcal{Z}$"，此字根為快寫省筆而形成，其使用也很穩定。具體字見圖 3-46。據此原理，我們同樣可以輕鬆地寫出姮、萱、渲、瑄、喧、筸、狟、塤、愃、楦、碹、瑄、媗、諠、翧、烜、蝖、揎等的草書。

圖 3-46：

恒　衛恒《淳化閣帖》

桓　索靖《出師頌》

宣　孫過庭《書譜》

垣　懷素《小草千字文》

共

“共”，此字小篆作“共”，筆者目前還未找到篆書至草書演變過程中的過渡字例，但有一點可以肯定，即當“共”的草法形成後，具有草書字根穩定性與擴散性。比如懷素《小草千字文》中的“恭”，董其昌《臨歐陽詢草書千字文》中的“拱”。即使在“殿”這個筆畫略多，草法難記的字中，我們將字形分解，左邊為“尸”加“共”的組合，參考前面講過的“尸”的草書偏旁，配合“共”草書字根“共”，就形成了“殿”字左邊的草法，懷素《小草千字文》中“殿”字草法可為例證。同樣的穩定的搭配使用，還出現在孫過庭《書譜》中“撰”字上。（圖3-47）據此，我們可以將供、哄、烘、拱、珙、選、饌、僎、譔等字的草法寫出。

-47：

恭	拱	殿	撰
懷素《小草千字文》	董其昌《臨歐陽詢草書千字文》	懷素《小草千字文》	孫過庭《書譜》

　　，從目前傳世的作品來看，漢簡中的兩個字例顯示了這字的快寫減省過程，如：居 284.8A、居 128.1。《蘭亭序》“骸”亦可作為佐證。同時，這也奠定了這個草書字根的最終成。在高閑《草書千字文》、歐陽詢《草書千字文》、李世民《屏帖》等作品中，我們能看到草法的穩定應用。在孫過庭《書譜》“閡”字下方“亥”的草法使轉儘管比較含蓄，但仔細推敲依然是書字根的標準使轉，有草書經驗者當能體會（圖 3-48）。然而，《書譜》中，“亥”的草法有時作“”，如“駭”，後世祝允《牡丹賦》中“咳”草法亦作如此，似乎這又是此字草法的另種形式。但沒有更多的例證之前，這種草法的使用時還是需要謹。最後，我們不妨再思考一下核、劾、胲、該、咳、侅、欬等字的法，並嘗試寫出來。

圖 3-48：

骸 高閑《草書千字文》　　駭 高閑《草書千字文》　　孩 李世民《屏風帖》　　閡 孫過庭《書譜》

"㇏"，這個草書字根的形成，直觀地看，上部是一個"人"的草書符號加點畫，下部為"口"草書字根的標準寫法。在從篆書至漢簡的過程中，也能看出其字形解散與快速書寫的簡化過程，如"合《說文》、含居190.40、含居128.1、言居128.1"，當草法固定為"㇏"時，即作為草書字根，可以搭配使用。如懷素《小草千字文》中的"給"、趙構《洛神賦》中的"拾"字（圖3-49）。據此，我們還可擬出恰、蛤、洽、詥、鉿、鮯等字的草法。

3-49：

給　懷素《小草千字文》

給　董其昌《臨歐陽詢草書千字文》

拾　趙構《洛神賦》

洽　《淳化閣帖》王洽書

臼

"⺈"，這個草書字根相對來說比較隱性，很容易被忽略。如孫過庭《書譜》中"寫"的草書，中間"臼"字就是運用此草符號。懷素《小草千字文》中"毀"字的左上角"臼"也是如此。舅、舊兩個字中，"臼"作為部件，不管在字的上部還是下部，其用都很穩定（圖 3-50）。這個字根的形成過程，應該也是經歷了筆快寫、連筆、減省等階段，從居延漢簡中"寫"的不同形態中，可窺見這一過程，如："寫 居 312.22、寫 居 27.26、寫 居 206.9。"要說明的是，"⺈"只能在合體字中才能穩定使用，即不可以獨作為"臼"的草書使用。還有當"臼"作為"臽"的部件使用時，此草書字根符號亦不能適用，如"陷"字在漢簡中寫作"陷128.1"，賀知章《孝經》中寫作"陷"，均未使用此草書符號。

圖 3-50：

寫　孫過庭《書譜》
舊　孫過庭《書譜》
毀　王羲之《長風帖》
鼠　王羲之《十七帖》
舅　索靖《出師頌》

按：“庾”字中也含有“臼”部件，但草書卻不依此規律，如孫過庭《書譜》作“”。這是因為其在篆書階段就出現分化，《說文》中作“庾”，但也有變形作“庾”，明顯看出其不從“臼”。毛遠明在《漢魏六朝碑刻異體字研究》中亦舉出不少六朝墓誌中不從“臼”的“庾”字，如《謝琰墓誌》等[5]。

拓展：叟字中間含有“臼”的部件，故其草法可通用。（圖3-51）據此我們可以擬出艘、餿、嗖、廋、溲、颼、鎪、傁、獀、瞍、螋、醙、騪、蓃、鄋等字的草法。

5　毛遠明：《漢魏六朝碑刻異體字研究》，商務印書館，2012，第 96 頁。

3-51：

搜　孫過庭《書譜》

嫂　趙孟頫《畫錦堂記》

"聿"，小篆作"肅"，這個字根的形成原理不再贅述，從孫過庭和懷素的作品中我們能看到其穩定應用，即使在所謂的大草作《自敍帖》中，草法標準均保持統一（圖3-52）。結合草書偏旁，我們還可準確寫出葎、挦、坢、箻、銉、殔、豻、建、健、楗、腱、键、捷、鱖、鞬、踺、津、澕、薄、健、睷、濪等字的草書。儘管它們多為非常用字，但在漢字寶庫中，它們的確存在。

圖3-52：

"丁"，小篆作"寺"，從"持"右邊的字形演變"持居新""持居 280.4""持居 231.80"再到"時"字的右邊"时流烽 2"，基本可以看出"寺"草書字根的蛻化過程。毋庸置疑，作為字根的穩定性和散發性我們均能從經典作品中得到驗證（圖 3-53）。同樣，結合草書偏旁，我們也可以輕鬆地將時、時、跱、峙、溮、峙、鰣、塒、邿、荮、嵵、痔、庤、餈、蒔、榯等字的草書寫出。

3-53：

"𦍌"，從這個字的篆書"𦍌"來看，其草書字根形成過程應
不難理解。雖然這個字根相對來說較為簡單，但其穩定的散發功
卻無比強大。我們根據字根在字中的不同位置，來舉例供大家參考
圖3-54中所列恙、善、美、姜四字分別取自於索靖、王獻之、孫過
庭等人法帖，雖然書寫節奏快慢有別，方筆圓筆各異，但其草法使
轉都是一致的。圖3-55所列詳、翔、鮮、膳四字，"羊"在字中的
置或左或右，但草法使轉還是統一的，尤其是在高閑《草書千字文
中的"膳"字，是"羊"作為草書字根衍生的二級字根"善"的
用。比如說我們還能據此寫出鱔、繕、蟮、鄯、墡等字的草書。
據二級字根"美"，我們還能擬出渼、嵄、媄等字的草書。當然，
簡單的，莫過於根據"𦍌"直接擬出祥、羔、洋、蚌、珜、羢、錅
胖等字的草法。

圖3-54：

恙　索靖《月儀帖》　善　王獻之《玄度來遲帖》　美　孫過庭《書譜》　姜　王獻之《十二月六日帖》

圖3-55：

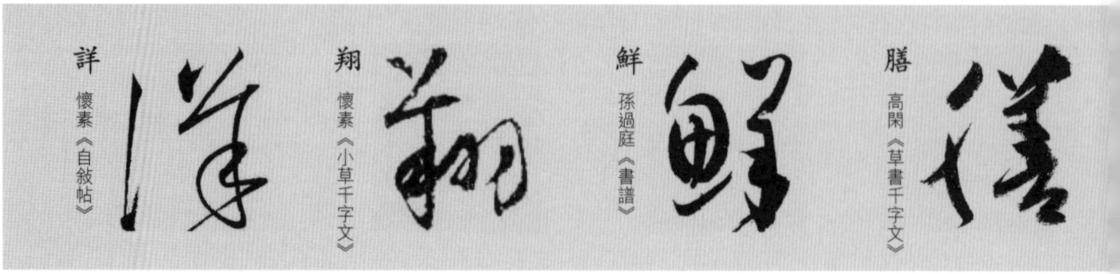

詳　懷素《自敘帖》　翔　懷素《小草千字文》　鮮　孫過庭《書譜》　膳　高閑《草書千字文》

""，這同樣是一個非常重要的字根，因為衣、食、住、行是人的基本需求，而由衣服、穿衣衍生出的裝潢、裝飾、製作等含義衍生出的漢字更是數不勝數。首先我們來探討一下這個草書字根的形成，可以從篆書一直梳理下來，如："命《説文》、𧘇《六書通》、𧘇銀903、衣居478.5、衣居332.7A、𧘇。"其演變過程一如從前，字形解散、連筆快寫等。此字根的草法較易掌握，我們下面從附圖中驗證一下其穩定應用（圖3-56）。同時，結合草書偏旁，我們嘗試將銥、辰、眽、袋、袈、裟、裝、裴等字的草法寫出來。

拓展：和衣服相關的還有表、裏、裹、裳、裘、展、襄等字，"表"小篆作"𧘇"，為衣服裏面敷毛，先民漁獵採集為生，加工皮毛，以毛向內保暖，而外面覆被則為表。"裏"小篆作"裏"，所指含義正相反。總之，上述這些字或被"衣"字包裹，或與"衣"字相關，都能找到文字學上的淵源關係，故而我們在其草書下部依然能看到相同的草書使轉（圖3-57）。再根據漢字字根的擴散功能，我們可以輕鬆地寫出裱、婊、錶、輾、榱、碾、躁、欀、纓、瓖、讓、瀼、嚷、曩、壤、穰等字的草書。

3-56:

依 王羲之《十七帖》　　裴 孫過庭《書譜》　　製 孫過庭《書譜》　　裂 索靖《出師頌》

3-57:

表 王羲之《十七帖》　　展 索靖《七月廿六日帖》　　裘 孫過庭《書譜》　　驤 懷素《小草千字文》

"早"，儘管"草"字的通常寫法已省作"草"《書譜》，但索靖《月儀帖》中的"草"，恰恰驗證了草書字根法書寫的運用。"早"的篆書作"早"，與"卓"字篆書"早"下部部件相同，"卓"的草書與"早"草書字根來源當同，我們在古代作品中能得到驗證（圖3-58）。同理，倬、焯、晫、淖、踔、掉、罩等字的草法也可以嘗試據此寫出來。

拓展："朝"字的左邊偏旁，其草法應來源於"早"與"卓"的近似寫法，比如在索靖《出師頌》中，"戟"的左邊就是"卓"草書寫法。由於字形部件相近，"朝"字的左邊偏旁在長期的書寫趨於就簡原則，省去了上部短橫，形成了相對固定的寫法。但仔細辨認，還是有"早"草書字根的影子。（圖3-59）

圖3-58：

圖3-59：

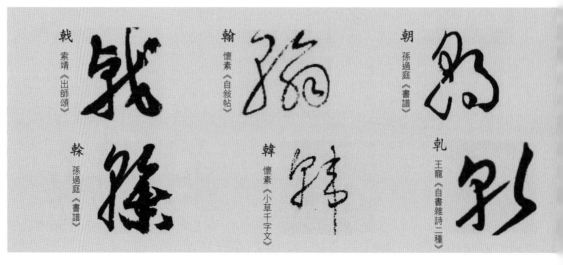

“”，小篆作“”，有關這個草書字根的形成過程，目前還缺少漢簡中的資料來還原。但作為草書字根，其使用相對穩定。王羲之《妹至帖》中上部形成了斷筆，作“”，但其草法使轉依然是統一的。從附圖中我們能看出其在經典作品中的穩定應用。（圖 3-60）

“至”作為一個常見的草書字根，其有着驚人的擴散作用，結合草書偏旁，我們可以將侄、挃、踬、秦、荃、晊、胫、絰、恎、垤、咥、秷、螲、駤、眰、姪、座、窒、郅、桎、蛭、膣、袟、銍、痓、腟、到、倒等字的草書寫出，也可以將筆畫更複雜的臻、擡、孅、儓、臺、檯等字的草書準確寫出來。

3-60：

屋　王羲之《十七帖》
致　王羲之《十七帖》

室　王羲之《長風帖》
臺　祝允明《雲江記》

7畫

辰　長　谷　夾　里　良　每　坙　言
余　享　足

"辰"，從為數不多的字例中，我們約略可見"辰"作為草書
根的形成過程：辰《説文》、辰居160.20A，辰居128.1，這個過
依然是快寫、簡省筆畫與筆畫連寫的結果。草書字根的穩定性，
以從懷素《小草千字文》中"振"字、趙構《洛神賦》中"屑"
空海《新撰類林抄》中"晨"字以及董其昌《杜甫醉歌行詩》
"宸"等作品中得到驗證。（圖3-61）結合草書偏旁，我們還可以
出賑、帳、蜄、栬、侲、陙、晨、桭等字的草法。

圖3-61：

長

　　"长"，這個草書字根的形成，可以從下列字例中較為清晰地看出其蛻變過程："長《説文》、長银772、長流烽25、長居8.6、長居559.9、長居203.46、長居新、長居48.18、長王羲之《長風帖》。"筆畫由繁變簡，勢態由靜至動，草書的演變過程一覽無餘。從這個演變過程中，我們甚至還可以看出，"長"的簡體寫法也正是由"長"的草書形成後而固定的。這種草書字根形成後，其穩定性與散發性將是毋庸置疑的，如我們不管從王羲之，還是懷素、孫過庭，乃至日本古代書家空海的作品中，均可得到驗證。（圖3-62）

3-62：

《十七帖》　王羲之　悵（怅）　　《書譜》　孫過庭　張（张）　　《小草千字文》　懷素　帳（帐）　　《新撰類林抄》（日）空海　漲（涨）

“”，在小篆“《説文》”和“《六書通》”之間我們看了此字中間筆畫的簡省變化，從書寫速度上來比較二字，無疑“要更快一些。由“谷”的草書字根可以看出，中間兩筆連寫成一筆畫，無疑是快速書寫的必然結果，下部的“口”變為兩點的草法在講“口”的草書字根時已經介紹過。需要注意，上、下部分的個點並沒有因為快寫需要而連貫起來，而是以中間橫畫為界，涇分明。“”作為草書字根，在皇象《急就章》中有着穩定應用，“谿”“容”二字（圖3-63）。需要説明的是，這種草法在後世使中，由於更為快寫的需要，整個字的筆畫之間出現了連筆，如“《書譜》”，但這種連筆帶來的後果是“谷”和“首”的草書變得難區分，如懷素《小草千字文》中“首”寫作“”，這就給草法的謹性帶來挑戰。不過，我們也看到，“谷”字在董其昌《臨歐陽詢書千字文》中做了處理，寫作“”，目的應該就是和“首”的草有區分。

圖3-63：

谿　皇象《急就章》

容　皇象《急就章》

　　趙孟頫《致民瞻十札》中，"欲"寫作""，左邊的"谷"是因為連寫的需要成了與"首"字草法近似的部件。在敦煌馬圈灣木簡中，"欲"寫作""，儘管其右部已經完全草化，但左邊"谷"的草法依然不作太多連筆。可見古人在草法使用上是相當嚴謹的。好在"首"作為一個部件，與其組合在一起的漢字除了"道"以外，寥寥無幾，這使得孫過庭在《書譜》中可以任意組合應用，而不至於和別的字混淆，如"俗""容"等字（圖 3-64）。

　　行文至此，不妨思考一下裕、峪、溶、硲、熔、榕等字的草法，嘗試寫出來。

3-64：

容　孫過庭《書譜》　　浴　高閑《草書千字文》　　俗　孫過庭《書譜》

夾

"毛"，從這個字的小篆字形"夾"來看，從"大"從"人"，細分析其草法，其使轉以"夫"的草法表示"大"，左右"人"以兩點表示。所以，不管從文字學含義還是草書字形上來分析，草法應為合理的草書字根，儘管其具體演變過程還缺乏字例來一驗證。我們以"俠"字為考察對象，無論在歐陽詢還是懷素的作中，其右邊"夾"字草法均如出一轍。在陸游《北齊校書圖跋》中"挾"字的草法亦是遵此規律。（圖 3-65）所以，結合草書偏旁們有理由據此寫出下列字的草書，如浹、峽、頰、莢、郟、狹、砭陝等。

圖 3-65：

俠
懷素《小草千字文》

挾
陸游《北齊校書圖跋》

狹
趙構《草書禮部韻寶》

鋏
趙構《草書禮部韻寶》

里

“**里**”，小篆作“**里**”。這個字根的形成過程應該不外乎字形解散、快寫、減省、連筆等過程。在實際應用中，也比較穩定，如圖 3-66 中“理”“鯉”“童”“量”等字。這個草書字根還可以和“黑”字上部相通，雖然“黑”在《說文》中寫作“**㘣**”，好像和“里”無關，但在《六書通》中也有作“**黑**”，可見字形彼時已經趨同，故而草法共用是有文字學基礎的。從圖中，可以看出“里”這個草書字根的強大散發應用。（圖 3-66）結合草書偏旁，我們更可以將裏、哩、鋰、狸、俚、糎、艃、裡、悝、纙、嚤、嫏、嘿、澟、黟、黛、黳、黷等字的草法陸續擬出。

3-66：

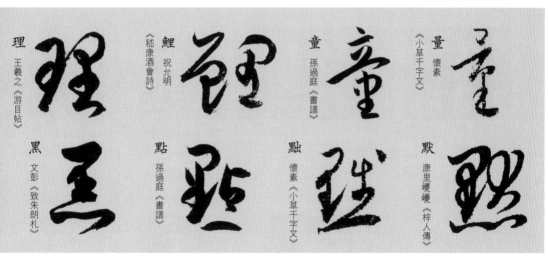

理 王羲之《游目帖》　黑 文彭《致朱朗札》　鯉 祝允明《秫康酒會詩》　點 孫過庭《書譜》　童 孫過庭《書譜》　點 懷素《小草千字文》　量 懷素《小草千字文》　默 康里巎巎《梓人傳》

"", 這個草書的形成過程, 是可以通過下列字例來看到其

化過程的, 如: 《六書通》、銀 821、武 5、流廩 I、

皇象《急就章》、《書譜》。這個字根最重要的特點是上部的兩

使轉, 和 "艮" 的草書字根 "" 是有區別的, 千萬不要混淆。

"良" 的草書字根演變結束後, 其使用變得相當穩定, 我們從古代

品中能夠得到驗證 (圖 3-67)。結合草書偏旁, 我們可以不借助草

字典, 寫出跟、莨、蝦、俍、朗、琅、閬等字的草書。"良" 還可

進一步形成二級草書字根, 如 "郎", 同時演化出 "廊" 的草書,

此給啷、螂、榔、瑯、蒗、棚等字的草法演繹提供基礎。另外, "食"

也是具有擴散功能的二級草書字根, 如謝璠伯《江東帖》(《淳化

帖》卷三) 中 "養" 字, 懷素《小草千字文》中 "凔" 字 (圖 3-68)

圖 3-67：

狼　王羲之《狼毒帖》　郎　李世民《屏風帖》　浪　(日) 空海《新撰類林抄》　娘　(日) 夢窗疎石《閑居偶成》

圖 3-68：

廊　(日) 空海《新撰類林抄》　食　王羲之《疾不退帖》　養　謝璠伯《江東帖》　凔　懷素《小草千字文》

每

　　"**每**" 王獻之《玄度來遲帖》,《大觀帖》卷十。《六書通》中有寫作 "**秂**",從敦煌馬圈灣木簡中 "晦" 字右邊可以看出快寫帶來的字形解散,如 "**晦**",如果動作再加快並增加連筆,最終會形成這個草書字根。"每" 是一個常見的字根,配合偏旁可以散發出很多漢字。根據圖 3-69 中所列例字,我們可以嘗試將梅、脢、鋂、挴、姆、黣、珻、痗、侮、烸、毓、蘩、潔、鷔的草書寫出來。

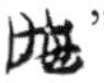

3-69:

晦　孫過庭《書譜》

海　孫過庭《書譜》

繁　孫過庭《書譜》

莓　(日)空海《新撰類林抄》

敏　賀知章《孝經》

""，從小篆巠"巠"到漢簡"莖巠甘肅武威漢墓85乙"中，可以看出至少在東漢早期，快速書寫、字形解散帶來"巠"上部三筆簡省為兩筆，中間豎畫穿插向上。把這個字形作連筆書寫，終會形成固定草法"巠"。在不同書法家的手上我們能看到草書字的相同應用，如智永《真草千字文》中"涇"字，懷素《苦筍帖》中"徑"、《自敘帖》中"勁"，孫過庭《書譜》中"俓"等字。(圖3-70)再結合草書偏旁，可以肯定地將下列草書輕鬆寫出，如：脛、痙、頸、莖、徑、硜、陘等字。

圖3-70:

涇　智永《真草千字文》

俓　孫過庭《書譜》

巠　懷素《苦筍帖》

勁　懷素《自敘帖》

言

　　"言"，這是一個常用的字根，從一系列字形演變中我們大體能看出其形成過程：言《六書通》、言里耶秦簡、言里耶秦簡、言敦煌馬圈灣木簡、言《書譜》。在李懷琳《嵇康與山巨源絕交書》中"信"字、孫過庭《書譜》中"誓"字可以看出其作為草書字根的穩定應用。據此，結合草書偏旁，我們可以輕鬆寫出喑、瑄、婳、謷、謇等字的草書。從王羲之《游目帖》中"意"的草法也可看出其用筆使轉與"言"相同。如果再從文字學角度來考察，就更加明了，因為"意"還有一個異體字，寫作"意"，即是"言"與"心"的組合。同時"意"是一個二級字根，如《淳化閣帖》中王獻之《服油帖》有"憶"字。（圖 3-71）由此，噫、臆、澺、薏等字的草法也可輕鬆擬出。

3-71：

《嵇康與山巨源絕交書》
信　李懷琳

誓　孫過庭《書譜》

意　王羲之《游目帖》

憶　王獻之《服油帖》，見《淳化閣帖》

　　拓展 1：竞（竟），懷素《小草千字文》中作"**丢**"，粗看起來，此字的草法來源令人費解而且難以記憶。"竞"字表面看起來乎和"言"沒有關係，但其草法使轉卻有相通之處。其實我們比一下"言"和"竞"的篆書"**䛉**"和"**竟**"，會發現兩者的上部原都是"言"，故而其草書保留有"言"的痕跡就不足為奇了。在上博物館藏唐五代敦煌寫本《法華經疏》中，"竞"同樣寫作**丢**，更標準的"言"字使轉組合。

　　拓展 2：章的草書作"**章**"，見《大觀帖》卷七王羲之《十七日帖》。索靖《出師頌》作"**章**"，草法相同。仔細體味，這草書的形成也和"言**彡**"的使轉有着密切聯繫。原因是"章"篆作"**章**"，從音從十，古代音樂十節謂一章。而音的篆書"**䛐**"言的篆書"**䛉**"外形只有一短橫之分，從文字學角度來看，"音""言"又都屬於人的發聲行為，二字形、義皆相近，故而草法可以通。作為一個草書字根，"章"亦有着較強的擴散性，結合《書譜》中"彰"的草書"**彰**"以及草書偏旁，可以順利將地樟、嶂、陣、璋、鄣、偉、漳、瘴、獐、鱆、瞕、嬙、驌、墇、蟑、幛、葦、等字的草書寫出。

　　按："辛"的草書作"**辛**"極易和"章"混淆，它們的區別有個，第一是"辛"的第二、三兩個筆畫要連筆，而"章"的第三個畫要重新起筆；第二個區別是"辛"的下部為兩橫，"章"則是一橫"辛**辛**"作為字根，應用十分穩定，如《小草千字文》中"宰**宰**"，里嶁嶬《梓人傳》中"梓**梓**"等字。

余

"余"，從篆書 余《説文》、余《六書通》、余 居延漢簡甲乙篇
126.8A，再到草書 余《書譜》、余《書譜》，這一列的變化之間未必有
着由此及彼的必然聯繫，但從字形解散到簡省連筆之間，我們最起
碼看到了漢字由靜至動的形態變化。草書字根符號"余"形成後，其
作為漢字部件使用相當廣泛而且穩定，如孫過庭《書譜》中就有很
多例證（圖 3-72）。李懷琳《嵇康與山巨源絕交書》中的"塗"字，
儘管"余"只是作為整體部件的一小部分，但其草法還是堅持字根
用法。據此，結合草書偏旁，可以將悇、念、滁、蜍、涂、梌、稌
等字的草法輕鬆寫出。需要提醒的，當"余"作為獨體字使用時，
最好不要使用這種草書字根符號，而應寫得更為"楷化"一些，如
到南宋趙構在《洛神賦》中就寫作"余"，這種寫法正與漢簡中寫法
相合。

3-72:

| 餘 孫過庭《書譜》 | 除 孫過庭《書譜》 | 途 孫過庭《書譜》 | 塗 李懷琳《嵇康與山巨源絕交書》 |

享

"享"，作為"享"的草書字根符號，在章草到今草的使用中極其穩定，如皇象《急就章》中的"郭""鶉"，懷素《草書千字文》中"埶"，孫過庭《書譜》中的"熟"等（圖3-73）。但是，這種用法並不是唯一用法，有時它也作為一種行書化的快寫符號"享"在草書中使用，我們分別比較"淳"在《書譜》中的兩種不同寫法和"槨"在皇象《急就章》與賀知章《孝經》中的不同寫法，就會發現這種變化（圖3-74）。但不管如何，"享"在實際使用中，更為普遍，這是我們在草書辨識和書寫中需要注意的。最後，嘗試思考蟑、稃、墩、憝、礅、鐓、廓等字的草法。

圖3-73：

| 鶉 皇象《急就章》 | 郭 皇象《急就章》 | 埶 懷素《小草千字文》 | 熟 孫過庭《書譜》 |

圖3-74：

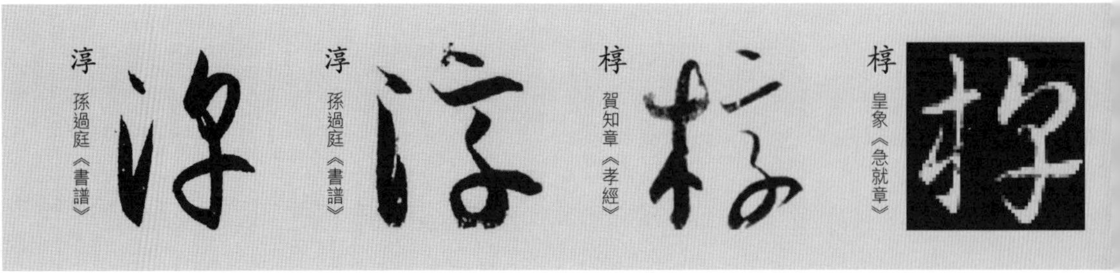

| 淳 孫過庭《書譜》 | 淳 孫過庭《書譜》 | 槨 賀知章《孝經》 | 槨 皇象《急就章》 |

足

"￿"，金文中寫作"￿"，小篆規範為"￿"，從漢簡的諸多寫法中，能大致看出"￿"的形成過程，如"￿漢 41.12"、"￿居198.4"、"￿居 133.6A"，一直到"￿"。"足"的下部亦從"止"，為了後面行文清楚，有必要先比較一下"止￿"、"足￿"和"之￿"三個草書字根，他們的草法非常相近，用筆都是一個點加上使轉。這是因為三個字在字源學上都含有"足"的含義，"足"和"止"原本均指足部，"之"甲骨文寫作"￿"，為腳跟置於起點處，代表出發，有"到……去"的意思，如《孟子·告子下》"先生將何之"或"吾欲之南海"。另外，"疋"在《説文》中也有"足"的意思。在楷書中就有混用的情況，如"暫"字，在北魏《寇憑墓誌》即寫作"￿"。再如"楚"的下部就分別有寫作"之""足""疋"的，如￿《西峽頌》、￿北魏《高道悦墓志》、￿趙孟頫《致民瞻十札》等。所以，當這些部件出現在草書中時，經常可以看到足、之、疋的草書符號互用的情況。作為草書字根，"足"也有着很強的穩定性和擴散性（圖 3-75）。

-75:

促
見《大觀帖》.
王羲之《闊別帖》.

寒
孫過庭《書譜》

促
見《大觀帖》.
王羲之《闊別帖》.

另外，"足"這個字根很多時候又當作偏旁使用，不言而喻，"⻊"這個草書偏旁符號，就是草書"⻊"窄寫的變形，故而偏旁從"足"的字，也可以照此規律進行類推。以下僅舉數字，以作參考。（圖 3-76）

圖3-76：

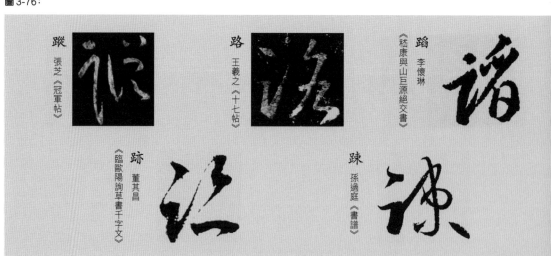

蹤　張芝《冠軍帖》

跡　董其昌《臨歐陽詢草書千字文》

路　王羲之《十七帖》

蹈　李懷琳《嵇康與山巨源絕交書》

踈　孫過庭《書譜》

8 畫

非　官　京　居　卷　彔　其　戔　叔
者　隹　卒　卑

"业"，這個草書字根的形成過程，尚無篆書或漢簡的字例來演示說明。但其穩定的使用和強大的散發功能是顯而易見的。在李世民、賀知章以及日本古代書家空海的作品中均可得到驗證（圖3-77）。我們還發現另外一個規律，"业"作為符號使用，多出現在字的右部或下部。而當"非"處於字的上部或字框內時，則草書字根符號為"址"，如王羲之《十七帖》中"悲"字、孫過庭《書譜》

3-77：

靡　李世民《屏風帖》　　罪　賀知章《孝經》　　俳　懷素《小草千字文》　　菲（日）空海《新撰類林抄》

中"匪"字等（圖 3-78）。張湧泉引《龍龕手鏡》云："輩、輩並見
不分正俗。"[6] 可見此字的上部"非""北"因為形近而同化。故
"輩、悲"等字上部的草法從"北"，是可以講通的。需要提醒的是
孫過庭《書譜》中，有時因為連接筆勢的需要寫作"❲"，起筆有
個彎曲轉向，這個細節在實際書寫中不需要放大。畢竟，《書譜》
還是有交代清晰的寫法，如"❲"。因為從小篆字形"北"開始
這個字起筆就沒有彎折，掌握以上草書通變規律後，可以正確地
出徘、腓、排、棑、陫、悱、娝、淠、狉、輩、蜚、痱、藣、孎
字的草書。

　　按："陛"的草書，根據《碑別字新編》引《隋李景造像
"陛"可作"陛"，右上角從"北"，據此可以理解草法之由來。

_____

6　張湧泉：《漢語俗字研究》，商務印書館，2010，第 6 頁。

圖 3-78：

官

“”，小篆作“”，在字形解散快寫後形成“居 214.1A”，“宀”上部的點畫與下部豎畫形成連筆後可以寫作“西漢《神烏傳》”，在持續快寫中又省去了“宀”左邊的點畫，形成“居 625.10”，最後下部進一步減省，以形成左右的連筆合圍“永 19”，再經過連筆形成“”。此時的草法已基本固定。圖 3-79 所列“管、棺、館”三字，分別出於李世民、賀知章及祝允明之手，草法標準非常統一。結合草書偏旁，據此還可以寫出綰、倌、涫、婠、錧、悹、捾等字的草書。

3-79：

管
李世民《屏風帖》
棺
賀知章《孝經》
館
祝允明
《行草牡丹賦》

京

“”，小篆作“”，由於漢簡資料的缺失，我們僅以“就”例，對“京”的快寫、分解與連筆過程作一考察：“居 231.104“居 350.12”、“西漢《神烏傳》”，此時已經形成“歐陽《草書千字文》”的草法雛形。作為草書字根的穩定應用，可從3-80 例字中看出。懷素《小草千字文》中的寫法“”在使轉法上是一樣的，學習時需要注意。“景”作為“京”的二級字根，草法“”來源於“”。結合草書偏旁，我們可以準確地掌握如鯨、倞、猄、晾、椋、輬、綡、鍄、璟、憬、暻、燝、幜、澋、等字的草書。

圖 3-80：

影 董其昌《杜甫醉歌行詩》
涼 懷素《小草千字文》
涼 祝允明《行草歸田賦》
涼 歐陽詢《草書千字文》

居

“”，“居”的草法演變進程可以作如下分析：《六書通》、居 495、居 401.7A、居 71.35、皇象《急就章》、《書譜》，這種符號具有穩定性和散發性，如趙構《洛神賦》中“琚”“裾”的草法。“居”的草法也可分解為“尸”的草書符號和“古”草書符號的搭配使用，其實漢簡裏，如居延漢簡中就有寫作“居 265.5”。康里巎巎《梓人傳》中就是繼承了這種用法（圖 3-81）。結合草書偏旁符號，我們可將倨、踞、椐、崌、腒、涺、啹、蜛、婮等字的草法正確寫出。

-81：

卷

　　"艻"，小篆為"𢎭"，從賀知章《孝經》中"艻"可以清晰
出，上部為"米"的草法快寫，省略了左右"彐"部件，保留
"弓"的快寫。作為草書字根，此字有着穩定的應用，我們分別在
人《月儀帖》和趙構《真草養生論》找到了兩個例證。（圖 3-82）
此我們可以將捲、惓、淃、圈、棬、菤、姢、蜷、箞、埢、啳、趹、
睠等字的草法擬出。

圖 3-82：

录

“”，這個草書字根剪裁於皇象《急就章》中“祿”字，和“彖”的草法“”非常類似，但不同的地方是下部四個點畫的取勢，前者呈向中間聚攏之勢，後者為分散之形。以趙孟頫《臨急就章》中“綠”“緣”二字為例，即可清楚看出，需要仔細區別。（圖3-83）根據字根“”，可以擬出椂、籙、碌、逯、騄、醁等字的草法。根據草書字根“”，亦可正確寫出漾、掾、蠡等字的草書。

-83：

綠 趙孟頫《臨急就章》

錄 康里巙巙《草書詩卷》

祿 康里巙巙《梓人傳》

緣 趙孟頫《臨急就章》

錄 孫過庭《書譜》

篆 孫過庭《書譜》

其

"𦫳"，此字《六書通》中作"𦱌"或"其"，敦煌馬圈灣木
中已草化為"𦫳"，但這個字形從篆書到草書之間是如何解散快
連筆減省，目前還找不到足夠的例字來説明。可以肯定的是，當
書字根"𦫳"形成後，其散發功能和穩定使用卻是驚人的，我們
在現有的古代法帖裏能找到它最廣泛的應用。篇幅關係，我們暫
八個範字，涵蓋了從晉代至明代，從中國到日本的多位書家作
（圖3-84）。據此，結合草書偏旁符號，我們可以嘗試將祺、淇、
棋、蜞、踑、倛、㵝、蟖、撕、厮、嘶等字的草法演繹出來。

圖3-84：

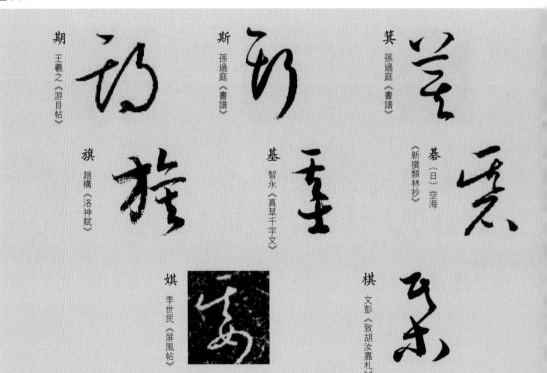

"戔"，小篆作"戔"，目前還缺少更多字例來演示說明此字根的演變過程，但依然少不了減省、連筆、快寫幾個步驟。結合傳世作品來看，其使用標準是統一的（圖3-85），尤其要注意右上部的點畫需要保留。懷素《小草千字文》中，"踐"寫作"踐"，右部起筆有一小短豎和標準略有差異，需要注意。但為甚麼沒有採用懷素的標準，從附圖中可以看出。在王羲之、智永、虞世南、懷素、祝允明和唐寅六人都使用同一標準的情況下，我們只能暫時將懷素這一個案置於旁邊供參考。"戔"作為一個重要字根，有很強的擴散性，結合草書偏旁，我們可以嘗試將箋、俴、磯、籛、諓、菚、棧、剗、盞、餞、琖、濺、帴、輚等字的草書寫出。

-85:

叔

“”，此字根在章草、今草及大草的代表作品中，草法均非統一，幾乎沒有區別，如皇象《急就章》、王羲之《十七帖張旭《斷千字文》。高二適在《新訂急就章及考證》中認為此法是隸書“”的減省。在魏晉乃至隋唐時期，“叔”的寫法並多見，而“《元簡墓誌》”則多見，如北魏《元診墓誌》中“督作“”，唐李邕《雲麾將軍碑》，行書“督”作“”，明代璲《敬覆帖》中“叔”直接寫作“”，應該就是據此而來。但何演化為“”，但其演變過程的詳細情況還需要資料證明。不如何，“”作為草書字根的使用在古代法帖中已經是非常穩定，世民《屏風帖》中“督”字草法作“”，體現了這個草書字根的定應用。而懷素、孫過庭、趙佶等人的草書中，亦以此為準則（3-86）。根據這個規律，我們還可以將埱、菽、婌、掓、惄、埱、等字的草法嘗試寫出來。

圖 3-86：

寂
懷素《小草千字文》
俶
懷素《小草千字文》
淑
孫過庭《書譜》
椒
趙構《洛神賦》

者

從現有的草書中進行梳理，此字根有兩種草法較為常用，即"去"或"ゟ"。"者"字出現兩種字根的差異主要在下部"日"字草法的簡省連筆上。此草書字根儘管很難和小篆"𤰞"直接發生聯繫，但它的形成過程可以從"者 銀 682、去 居 140.4B、去 居 41.14、㐀 居 395.14"之間看出一些演變的端倪。不管如何，這兩種草法均已成為約定俗成的用法，可以通用。比如王羲之在寫"諸"這個字時，就同時採用了兩種寫法，如"ゝ、士"。而"者"作為草法字根，其在草書經典作品中的穩定應用和強大擴散性隨處可見。（圖 3-87、圖 3-88）

3-87：

著 趙構《真草養生論》

暑 懷素《小草千字文》

堵 康里巎巎《梓人傳》

儲 張旭《古詩四帖》

署 康里巎巎《梓人傳》

3-88：

著 《書譜》

屠 皇象《急就章》

奢 李世民《屏風帖》

佳

"隹"，許慎《説文》云此字為"短尾之鳥"，其在金文中寫"雀""雀"，後者快寫後，應該就會形成類似皇象《急就章》中"雀"字的下部草法，再經過快寫連筆，最終在南北朝之前，已經成"隹"的固定用法，比如王羲之《十七帖》中就已大量運用。比而言。成熟的小篆"隹"則顯得過於規整，在這個草書字根的法形成過程中，幾乎可以忽略。"隹"作為一個字根部件，在漢字大量使用，其在草書的組合使用中也非常穩定（圖 3-89）。在孫庭《書譜》中，有時又在右上角加一點畫，如：椎、雕、崔、雖字（圖 3-90），這樣的用法雖然已約定俗成，但由於僅見於孫過庭作品，在實際應用中又往往會迷惑學者，徒增記憶草法的難度，

圖 3-89：

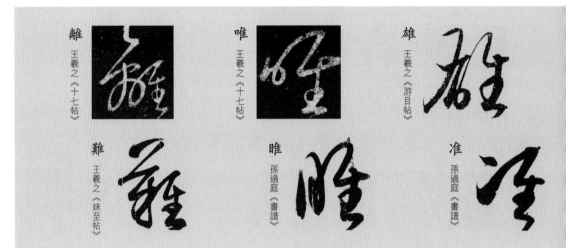

圖 3-90：

能正是孫過庭所云"草以使轉為形質，點畫為性情"中的"性情之物"，建議忽略。相較而言，第一種用法是既簡省又具有廣泛的標準性，即使在一些較為複雜的合體字中，其穩定性也可見一斑（圖3-91）。結合草書偏旁符號，請思考錐、雛、雞、趯、焦、醮、蕉、礁、僬、嶕、鷦、潐、蟭、趨、樵、蜼、瑝、濰、蓷、酻、趡、稚、跙、灘、倠、燋、摧、璀、灌、囃、獲、驊、瑾、孈、罐、曤、爟、酄等字的草法，並嘗試寫出來。

3-91：

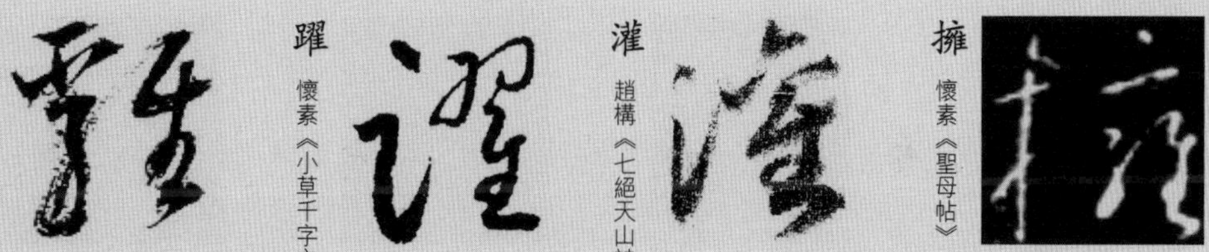

雞　董其昌　《臨歐陽詢草書千字文》
趯　懷素　《小草千字文》
灌　趙構　《七絕天山詩》
擁　懷素　《聖母帖》

"卒"，由 《説文》、流雜 27、居 505.27、居 178.1 敦煌馬圈灣木簡至，我們可以看出"卒"字由篆書至草書逐漸演變過程。此草書字根一旦形成固定的用法，即發揮出巨大散發作用。這一點，我們從圖 3-92 中能清楚看到。請注意，"" ""《淳化閣帖》之謝璠伯《江東精兵帖》之間只有書寫速度和筆與否的區別，並沒有草法本質上的不同。根據附圖資料，可以考誶、碎、捽、稡、晬、澤、稡等字的草法，並嘗試寫出來。

拓展：有一個字比較特殊，就是《書譜》中的""，這個歷來被釋為"染"，但是按照本書的草書字根理論，應該釋為"淬"這裏似乎出現了矛盾。其實這個問題需要回到文字學角度來討論在文字學研究領域，梁春勝在其博士論文《楷書部件演變研究》認為"淬""染"是字形相混、音義相同的俗體字。

圖 3-92：

悴　王羲之《初月帖》

醉　孫過庭《書譜》

萃　孫過庭《書譜》

翠　孫過庭《書譜》

梓　孫過庭《書譜》

我們這裏從書法圖像本身再來探討這個問題。首先"染"裏有簡化字"杂"的部件，如"染"趙構《真草養生論》，而"杂"的繁體有"雜""襍"兩種寫法，其字義相同，草書又都作"雜《書譜》"、"襍趙構《洛神賦》"。這幾個部件之間出現了字形近似且可替代互用的情況。那麼，應用於草書，"涘"就有可能是"染"字的草書。重新回到文字學層面的字源學角度來看，"淬"和"染"就是同一個字，或二者可通用。查《廣韻》："淬，染也，犯也。"又《集韻》："淬，沒水貌。"再從"淬"的小篆字形"順"來看，從水從衣，衣下加一筆畫以示標識，按照許慎的解釋為："隸人給事者衣為卒，卒衣有題識者。"所謂題識，我們可以理解為寫字、作圖案，當然染色也是重要的標識之一。而《說文》對"染"的解釋正是："以繒染為色。"綜合以上諸點，"染"和"淬"二字在字源學的意義上是相通的，草法兼用也必然是合理的。（圖 3-93）

3-93:

| 染 趙構《真草養生論》 | 染 孫過庭《書譜》 | 雜 孫過庭《書譜》 | 襍 趙構《洛神賦》 |

"**卑**"，小篆寫作"**畀**"，這個草書字根的形成，儘管缺少字例觀察這個字根的演變，但我們可以體會快寫、減省、連筆在其形過程中的作用。需要注意的是，儘管現在通用的"卑"起筆有一撇，但從篆書到漢隸階段，均沒有此撇，如《劉根等造像》中"**畀**"《史晨碑》中"**畀**"，東漢《肥致碑》中"**畀**"字。書寫草書時要意此細節。"卑"的草書字根穩定使用也可以由皇象、王羲之等人作品得到驗證（圖 3-94）。據此可以嘗試將埤、啤、睥、焯、峄、等字的草法擬出。

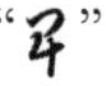

圖 3-94：

髀　皇象《急就章》

髀　王羲之《與鐵石共書帖》

婢　王羲之《十七帖》

碑　董其昌《臨歐陽詢草書千字文》

9畫

禺　扁　差　畐　叚　柬　皆　前　韋

咸　相　俞　既(即)　鬼　曷

禺

"禺"，此字小篆作"禺"，從敦煌馬圈灣木簡中"愚禺"字的上部，約略可以看到字形解散與快寫的變化。這一過程中的詳盡變化還需有豐富的字例方能看出。但"禺"作為草書字根，其穩定性與散發功能是驚人的。我們從王羲之、懷素、高閑乃至明清之交的王鐸作品中均能找到很好的驗證（圖3-95）。據此，可以嘗試將媧、顒、藕、溝、耦、腢的草法寫出來。

3-95：

遇　王羲之《闊別帖》
寓　孫過庭《書譜》
愚　高閑《草書千字文》
隅　懷素《聖母帖》
偶　孫過庭《書譜》
耦　王鐸《擬山園帖》

　　拓展："萬"字的草法，相信大家非常熟悉，如懷素《自敍帖》中寫作"萬"，但我們也看到祝允明《牡丹賦》作另一種草法，"萬"。其實按照草書字根理論，祝允明的寫法是標準寫法，因為其下部草法更接近草書字根"禺"。那麼，為何出現兩種草法的異同，我們來檢視一下"萬"的篆書，在金文中作"萬"，保留有"萬"為蟲之本義。許慎《説文解字》中作"萬"，下部亦非"禺"字。在《六書通》中，已寫作"萬"，下部部件已和"禺"的篆書近似。在居延漢簡中，"萬"快寫作"萬"，其下部已接近"禺"的簡省寫。不過，懷素《自敍帖》中的寫法已經成為一種約定的通行寫法，其作為草書字根依然適用，如《書譜》中"邁"與"厲"二字（圖3-96）。

圖3-96：

萬　懷素《自敍帖》　　萬　祝允明《牡丹賦》　　邁　孫過庭《書譜》　　厲　孫過庭《書譜》

扁

"扁",小篆作"扁",此草法基本上是"戶"的偏旁符號與下部部件快寫連筆的結合。從圖 3-97 中可以看出,即使是懷素大草作品《自敍帖》中的"篇"字,其草法和今草使轉依然如出一轍。從這個角度來説,草書作為一種字體,其草法自有規律與標準,而草書字根的穩定性與散發性更是草書體自身完善的重要構成條件。根據草書偏旁與草書字根的組合,請嘗試將匾、煸、褊、鯿、蝙、徧、碥等字的草書寫出來。

圖 3-97:

偏 孫過庭《書譜》

編 孫過庭《書譜》

論 孫過庭《書譜》

篇 懷素《自敍帖》

“**差**”，此草書字根的形成過程已難以還原，但其穩定性和散性可以從懷素以及孫過庭的作品中得到驗證。圖 3-98 中僅附三個字，但即便如此，我們還是可以根據草書偏旁和草書字根的組合律，將溠、搓、磋、瑳、嵯、蹉、嫅、瘥等字的規範草法寫出來。

圖 3-98：

嗟
孫過庭《書譜》

搓
孫過庭《書譜》

瘥
懷素《聖母帖》

"富"，分析這個草書字根，應該結合"宀""口""田"三個部件來考察。"畐"通"富"，二字本同，《説文》均作"富"，字義亦同，有"滿"之意。如果根據"富"來寫草書，則"宀"的草書符號為"乚"，如果根據"畐"來寫草書，則起筆就不必作彎折使轉。總之兩種寫法相通，沒有對錯之分，這是我們學習草書過程需要認清的常識。在王羲之、懷素、孫過庭等人作品中，可見其穩定應用。

按：'冨'為'富'的俗字，如柳公權《神策軍碑》中作"冨"，故可通用，所以懷素《小草千字文》中，草書"富"上部不寫點畫。（圖 3-99）據此規律，可以將堛、楅、膈、�失、蝠、匐、鎘、偪、踾、輻、幅等字的草書寫出。

逼 王羲之《十七帖》　富（冨） 懷素《小草千字文》　福 懷素《小草千字文》　福 智永《真草千字文》

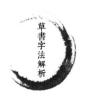

叚

“”，這個草書字根的具體形成過程，目前還沒有足夠的過圖片來還原。從字形來看，不外乎快寫與減省連筆這幾種手段。一點可以確定，那就是這個草書字根穩定的散發使用，在上自武天、懷素、孫過庭，下至祝允明、董其昌等人的作品中，均能得證實（圖 3-100）。結合草書偏旁符號，可以嘗試將假、瑕、鍜、遐蝦、葭、煆等字的草法寫出來。

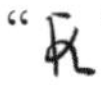

圖 3-100：

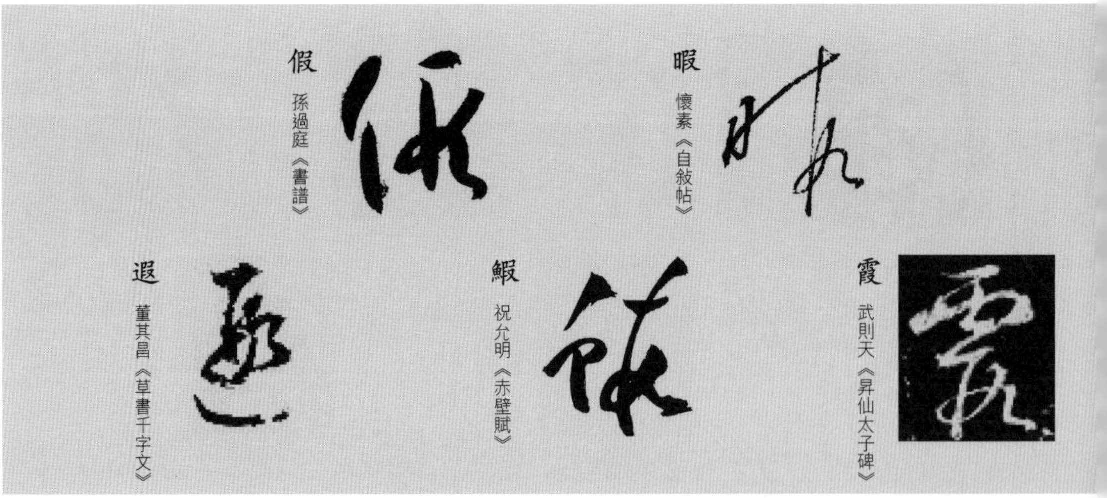

"柬"，這個草書字根出自於黃庭堅《廉頗藺相如列傳》。之所以選擇黃庭堅所書作為標準，是因為這個字根在流傳使用中出現了不統一的狀況。比如觀察孫過庭《書譜》中"闌"和"瀾"的草書，在字根使用上就未取得統一，儘管《書譜》中藺、瀾二字中，"柬"的草書字根貌似統一，但其草法使轉和"樂"幾乎沒有區別。而在趙構《真草養生論》和王鐸《草書詩卷》中，"柬"的草書字根表面上也取得了統一，但又和"東"的草書糾纏不清。綜合以上分析，唯有黃庭堅草書中的"柬"可以具備符號的能指與所指功能，應該是較為合理的草書字根。（圖 3-101）據此，結合草書偏旁符號，還可以將瀾、攔、讕、鑭、櫩、孄、襉、躝、孄等字的草書寫出來。

3-101：

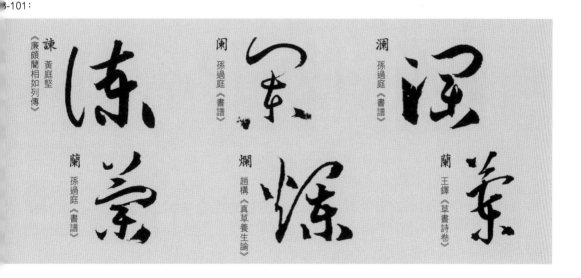

皆

"～"，此草書字根演變形成過程大抵經歷了因快寫而導致的[字]形解散，由右列三字可看出：昏《説文》、𣅀馬遺一、⿰馬遺三，經過連筆快寫，形成⿱敦煌馬圈灣木簡、⿰王檔 67、⿰不 6，[注]意此期"皆"下部變成回首合圍之勢，以保存下部字形之大概，"曹"下部的草法也是如此。但最終為了適應縱向快寫筆勢的需[要]回收合圍筆勢變成往下的使轉連筆，形成"⿰居 151.22"，最終定[型]為固定用法"⿰"。這個字根的穩定應用，在孫過庭《書譜》和懷[素]《小草千字文》等作品中均可見到。（圖 3-102）結合草書偏旁符[號]請大家將潛、蜡、楷、稽、諧、鍇、婚、瑎的草法嘗試寫出。

圖 3-102：

楷　孫過庭《書譜》　　喈　孫過庭《書譜》　　階　懷素《小草千字文》　　偕　趙構《洛神賦》

前

"𠔼"，此字根的形成是草字頭符號"才"與"月"的草書符號"𠂢"以及"刂"的草書符號"ㄋ"連筆後共同組成的。各個部件使用規範而獨立，組合起來又天衣無縫。在標準的草書字根未形成前，漢簡中的字樣，可以給我們提供一個大概的演變進程："𠬝漢 41.12、𠂤居 178.14A、𠂤居 123.55、𠂤"。但需要注意的是，此字甲骨作"𣥂"，金文作"𣥂"，小篆作"𣥂"，均有"止"這個部件，強調腳在正前方，突出"前"的文字學含義。只是後來在字形演變的過程中，因為快寫逐漸丟掉了"止"的字形，變得和"艹"近似了。比如在漢簡中，隱約還留有"止"的痕跡，如"𠬝漢 41.12"。而《六書通》中又寫作"歬"，可見在篆書階段此字上部字形已開始分化了。這個草書字根穩定的散發使用，在皇象、張旭、陳淳等人的作品中，均能得到證實（圖 3-103）。結合草書偏旁，嘗試將箭、譖、湔、揃的草法寫出來。

-103：

楢

皇象《急就章》

翦

張旭《斷千字文》（傳）

煎

陳淳《宋之問秋蓮賦》

剪

彥修《草書帖》

"韋"，在"韋《説文》、韋银840、韋居延漢簡甲乙篇71.1
韋懷素《自敍帖》"等字的演變過程中，字形解散、簡省與連筆的
程清晰可見。尤其在筆畫減省這一環節，由原來六個橫向筆畫縮
為三個。筆畫由繁變簡，"韦"作為簡化字與草書的關係也由此可
一斑。當"韋"作為字根的草法固定後，其使用必然穩定，這在
皇象至祝允明的作品中都能體現（圖3-104）。據此，結合草書偏旁
我們還可思考緯、瑋、幃、褘、諱、韙等字的草法。

圖3-104：

衛　皇象《急就章》　韓　懷素《小草千字文》　韋　祝允明《赤壁賦》　煒　董其昌《臨歐陽詢草書千字文》

" "，這個草書字根的具體形成過程，目前還沒有足夠的過渡圖片來還原。但此字第一筆使轉，可以參考"成"字草書" "的形成過程。從字形來看，不外乎快寫與減省連筆這幾種手段。有一點可以確定，那就是這個草書字根穩定的散發使用，在王羲之、懷素、孫過庭等人的作品中，均能得到證實，如王羲之《告姜帖》中"感"字、懷素《小草千字文》中"醎"字以及孫過庭《書譜》"箴""緘"二字（圖 3-105）。結合草書偏旁符號，可以嘗試將械、羬、鍼、鰔、鹻、鰄、轗、熌、顑、馘、臧的草法寫出。

3-105：

感　王羲之《告姜帖》　　醎　懷素《小草千字文》　　箴　孫過庭《書譜》　　緘　孫過庭《書譜》

相

　　"**右**"，這個字根是偏旁"木"旁和"目"的草書符號組合而成，其形成過程也可從右列字例中清晰地看出：**相**銀 828、**相**居 126.2、**相**敦煌馬圈灣木簡、**相**王檔 45、**相**居 551.4B，其手法依然是字的解散、快寫、連筆、減省等。作為常見草書字根，其使用穩定且有散發性，從王羲之、懷素、孫過庭等人作品中能看出。(圖 3-106) 結合草書偏旁，還可以將廂、箱、厢、蒩等字的草書寫出。

圖 3-106：

想 王羲之《十七帖》

緗 孫過庭《書譜》

霜 懷素《小草千字文》

湘 祝允明《行草牡丹賦》

"𠂤"，這個草書字根的形成可以拆分為"人"與"月""刂"草書符號的減省連寫，具體可參考前述"前"的草法形成過程。這個草書字根的穩定性與散發性體現在索靖《月儀帖》中"踰"字、上海博物館藏唐五代敦煌寫本《法華經疏》中"喻"字以及孫過庭《書譜》中的相關漢字（圖3-107）。結合草書偏旁，嘗試將覦、諭、愉、榆、隃、瑜、偷、輸、鄃、揄、愈等字的草書寫出來。

3-107：

踰　索靖《月儀帖》

喻　《法華經疏》，唐五代敦煌寫本

渝　孫過庭《書譜》

逾　孫過庭《書譜》

既 (即)

　　"即 （草書字符）"、"既 （草書字符）"，之所以將這兩個字放在一起來討論草書，因為從文字學角度來説，這兩個就有着非常密切的聯繫。即，甲文作"（甲骨文）"，好似一個人正在吃飯，本義為正在就食，用時態來説是現在進行時。既，甲骨文作"（甲骨文）"，注意人的嘴巴，背對食物，表示已經吃過，為完成時。從敦煌馬圈灣木簡中的"（草書字符）"，可以推草書字根形成之前的雛形。不管如何，"（草書字符）""（草書字符）"兩個草書字根成後，就有着穩定的散發功能，在王羲之、李世民、懷素、孫過等人的作品中均能看到搭配運用（圖3-108）。據此規律，請嘗試出鯽、唧、椰、聖、蝌、濈、櫛、簂、檞、蔇、嘅等字的草法。

圖3-108：

"鬼"，這個草書字根單獨書寫時，應作鬼，見趙孟頫《臨急就章》。在快寫後與右邊形成連筆，故而左邊有時未形成封閉之勢，如"鬼"，而下部最終因為快寫變成跳躍式連筆，形成"鬼"的固定用法，這種用法在草書作品中有着穩定的擴散使用（圖 3-109）。根據草書偏旁，我們還可以嘗試將隗、媿、魂、瑰、騩、蒇、魅、魈、魑、魁、巍等字的草法寫出來。

魏　孫過庭《書譜》　　醜　孫過庭《書譜》　　槐　懷素《小草千字文》　　愧　趙構《真草養生論》

"𠃌"，這個字根的形成亦是快寫連筆的結果，尤其是左下角快寫減省過程中由封閉狀態變為無需封閉的圓弧形使轉，大大增了書寫的速度。這個草書字根的穩定應用在唐宋名家的草書作品屢見不鮮。如《書譜》中"遏"字，懷素《小草千字文》中"礍"字以及黃庭堅《廉頗藺相如列傳》中"褐"字（圖 3-110）。據此結合草書偏旁，我們可以準確地將喝、揭、偈、羯、崵、楬、碣、謁、堨、喝、擖、渴、葛、轄、獥、靄等字的草法演繹出來。

圖 3-110：

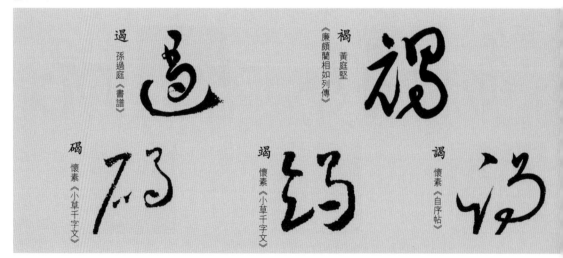

10畫

倉　專　高　兼　莫　真

　　""，這個草書字根的演化情況比較特殊，僅從字形演變還不能完全解釋，需要從社會文化方面做一些推論。從篆書至漢簡的字形演變中，我們可以看到篆書的字形解散及簡省筆畫，如：倉《説文》、居 502.14B、居 225.8、西漢《神烏傳》、索靖《出師頌》，最終為何在章草中其下部形成"石"的字形，這應不是偶然。我們大概可以猜想，漢代人看到"石"字第一想像應該是糧食的單位，如"某某官二千石"，而"他山之石"的含義應該在另一種語境中。這就好比今人看到"斤"字，自然聯想到重量單位，而斤的斧頭本義則較隱晦了。所以""這個草書字形依然具有儲藏糧食的社會文化含義，也正由於這種理解上的特殊與隔膜，我們在檢驗"倉"的草書字根使用時會發現實際應用上的差異。如趙孟頫《煙江疊嶂圖詩卷》中的"蒼"，整體上繼承接受了章草用法，但仍有交代

略顯瑣碎之病，鮮于樞的寫法和趙孟頫有類同之處。祝允明《赤
賦》中的“蒼”與“滄”解散了字形，不管臨摹還是釋讀均需有
定的細心和耐心。（圖 3-111）在諸家草法均未明晰且辨識困難的
況下，筆者認為皇象《急就章》和索靖《出師頌》中的標準草法
是值得參考借鑒的，畢竟還有諸如艙、傖、瑲、創、搶、槍、熗
嗆等眾多漢字的草書需要合理寫出。

圖 3-111：

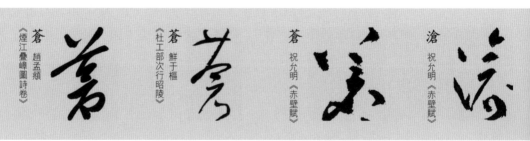

專

　　“🈂”，需要説明的是，此字草法很容易和專的草法“🈂”相混淆，傳、專這兩個字從篆書字形到楷書字形就十分相似，小篆分別作“🈂”、“🈂”，如果不仔細區分，則極易寫錯。而草法本身就極為相似，要注意區別。敦煌馬圈灣木簡中，“傅”字右邊的寫法“🈂”，可以看作是“專”字從篆書至草書演化過程中的一個過渡字形。作為草書字根，它的穩定性和散發性可以從皇象《急就章》和索靖《月儀帖》中看出。（圖 3-112）需要説明的是，“敷”字左邊草法也是採用此字根的標準寫法，這是因為“敷”的篆書寫作“🈂”，其左邊在篆書中原本就從“專”。在孫過庭《書譜》中“🈂”被釋為“博”，這是因為“博”是“博”的換旁俗字。[7] 結合草書偏旁，嘗試將懯、溥、膊、搏、薄、磚等字的草書準確書寫出來。

7　張湧泉：《漢語俗字研究》，商務印書館，2010，第 53 頁。

3-112:

傅 皇象《急就章》　　縛 皇象《急就章》　　博 索靖《月儀帖》　　敷《書譜》

"**高**"，這是一個常用的草書字根，我們從小篆開始，梳理其形演變：**高**《說文》、**高**儀徵胥浦漢墓券書1、**高**居65.12、**高**95.7、**高**流簿16、**高**《書譜》，同樣可見篆書的字形解散，省簡畫，增加連筆等演變過程。其中，流簿16即《流沙墜簡·簿書類》此類簡多以王莽時期作品為主，時在兩漢之交，據此可見"高"草法於彼時已經成熟，後世除了筆畫輕重、姿態俯仰的外形調整外，並無跳出此法之限，這種例子，在很多漢簡中均可見到。反觀後三國時期皇象《急就章》中"高"之草法"**高**"，並未見其將草法化更為簡捷徹底，反而可見書寫節奏變得緩慢。可見所謂的章草見得是草法的雛形，大部分的章草不過是一種規整慢寫或略帶隸的草書而已。當"**高**"作為草書字根固定後，我們可見其穩定使（圖 3-113）。思考：搞、鎬、僑、嚆、鵠、翯、嵩等字的草法。

圖 3-113：

搞 孫過庭《書譜》

槀 懷素《自敍帖》

篙〔日〕空海《新撰類林抄》

敲 鮮于樞《蘇軾海棠詩卷》

拓展 1：我們會發現，"豪"上部的草法使轉都源於"高"的草法（圖 3-114），這是因為，在篆書中，毫寫作"豪"，上部是一個完整的"高"字，只是在後世演化中，略去了下部的"口"。這樣來看，就能明白"高"作為草書字根也使用與從"豪"部件的字。同樣，我們應該可以從容擬出檺、噑、壕、儫等字的草法。

拓展 2：高、齊、齋三個字的草法非常近似，它們上部的使轉基本相同，只是在收筆的點畫上注意區別即可。"高"的草法最後收筆兩個點是左右分佈，齊則是上下分佈，而"齋"則是左中右三個點。這種細微的區別要在臨寫的過程中仔細體會。同時，齊又是一個草書字根，如《書譜》中有"濟"、李懷琳《嵇康與山巨源絕交書》中有"儕"字。（圖 3-115）

3-114:

豪　孫過庭《書譜》

濠　（日）空海《新撰類林抄》

毫　陸居仁《苕之水詩卷》

3-115:

齊　孫過庭《書譜》

齋　王鐸《草書詩卷》

濟　孫過庭《書譜》

儕　李懷琳《嵇康與山巨源絕交書》

兼

"㸚"，這個草書字根的具體形成過程，目前沒有足夠的簡牘資料來還原。但草書字根使用的穩定性，是毋庸置疑的。我們從懷素、孫過庭或者董其昌所臨的《歐陽詢草書千字文》中都能看到（圖3-116）。由於"兼"作為漢字字根的豐富散發性，結合不同偏旁，可以組合成眾多的漢字，如嗛、溓、嶛、稴、傔、鰜、慊、鎌、縑、燫、嫌、賺、嫌等。我們結合草書偏旁，就可以將這些字的草法準確推演出來。

圖3-116：

縑　孫過庭《書譜》

謙　懷素《小草千字文》

廉　董其昌《臨歐陽詢草千字文》

莫

　　"艹"，小篆作"莫"，這個字上部應為"艹"字頭的草書符號，但下部的演變過程就不甚清楚了。當草書字根形成後，其使用的穩定性和散發性在晉唐名家的作品中無處不在，這一點，我們可以從王羲之、懷素、孫過庭等人的作品中得到驗證。（圖 3-117）結合草書偏旁符號，我們還可以擬出幕、墓、膜、摸、幙、暯、慔、貘、寞、饃等字的草法並嘗試寫出。

-117：

摹 王羲之《十七帖》　漢 懷素《小草千字文》　幕 孫過庭《書譜》　模 孫過庭《書譜》

真

　　"矢"，小篆作"真"，皇象《急就章》中作"眞"，已經過了畫快寫、連筆、減省等階段，為草法的形成奠定了雛形。這個草字根的使用穩定且具有散發性，即使"真"處於字的左邊時，其法依然是一致的，如鮮于樞手札中的"顛"字。（圖3-118）結合書偏旁，思考縝、積、嬪、蒖、槙、嗔、巔、偵、滇、蹟、瞋等的草法，嘗試將它們寫出來。

圖3-118：

鎮　趙孟頫《致民瞻十札》

慎　孫過庭《書譜》

顛　鮮于樞手札

11畫

虜　祭　鹿　鳥　票　區　異　專

　　"，小篆作"，這個草書字根上部為"虍"的草書符號，而下部的"豕"的演變過程目前還缺少更多字例來演示說明，但少不了減省、連筆、快寫幾個步驟。這個複雜的草書字根在搭配使用時，具有一定的穩定性和擴散性。如法帖中的據、遽、劇等字（圖3-119），據此規律，結合草書偏旁，嘗試將醵、蹻、籧、蘧、壙、鐻、勮等字的草書寫出來。

-119：

據　孫過庭《書譜》

遽　孫過庭《書譜》

劇　米芾《竹前槐後詩卷》

　　"示"，這個草法形成的關鍵在字的上部，即"祭"上面的"月"和"又"的組合。前面分析偏旁草法時，我們知道"月"的草書號為"勹"，"又"的草書符號為"々"，如《書譜》中"取"字邊。兩個符號的連筆快寫即形成了"祭"上部的草法符號"" ，部的"示"則是快寫的結果。"祭"作為草書字根，具有較強的穩性和散發性，從張旭和孫過庭的作品中可以得到驗證。（圖 3-12結合草書偏旁符號，嘗試將傺、漈、摖、礤、擦、檫、鑔、穄、等字的草書寫出來。

圖 3-120：

際　孫過庭《書譜》

察　孫過庭《書譜》

蔡　孫過庭《書譜》

蔡　張旭《古詩四帖》

"**麤**"，這是一個筆畫較多、演變較為複雜的草書字根。從篆書字形"**麛**"來看，其草法的形成依然是字形快寫、連筆減省的結果。令人驚嘆的是，如此複雜的草書在作為字根與其他偏旁部件搭配使用時，卻有着極強的穩定性。比如皇象《急就章》"**麛**"字，甚至在李懷琳《嵇康與山巨源絕交書》中"**鑣**"這個更為複雜的字形中，"鹿"對應的草書符號依然穩定。董其昌《杜甫醉歌行詩》中"**麟**"左邊"鹿"的草法儘管有些變形，但基本草法仍是一脈而來（圖3-121）。請結合草書偏旁的符號，思考麒、檻、麓、轆、篦、臚、穚等字的草法並嘗試寫出。

3-121：

麛 皇象《急就章》　　鑣 李懷琳《嵇康與山巨源絕交書》　　塵 孫過庭《書譜》　　漉 趙構《草書禮部韻寶》

鳥

ㅜ，從漢簡“**鳥**銀863、**為**居387.19、**為**武3、**為**西漢《神
傳》”的演變中，可以看出草法“**ㅜ**”的形成過程，書寫速度變快
速字形解散、連筆趨簡，最終約在魏晉時期形成此字的固定草法
如皇象《急就章》中“鵜**為**”字右部。作為草書字根，其使用亦
常穩定，見圖3-122。

圖3-122：

"票"，這個草書字根的形成過程無需多言，從孫過庭《書譜》中，可以看出其極強的穩定性和散發性（圖3-123）。作為一個重要的字根，搭配偏旁可以組合成嫖、瞟、瓢、僄、嘌、驃、飃、勡、螵、慓、藻、彯、翲、篻、醶、徱、廫、鏢、鰾、膘、摽、瘭、標、幖等若干漢字，儘管其中有些字使用機會較少，已幾乎快要成為生僻字了。但客觀地説，這些漢字依然存在，其草法也必然存在。

3-123：

標 孫過庭《書譜》　漂 孫過庭《書譜》　剽 孫過庭《書譜》　縹 孫過庭《書譜》

　　"匲",這個草書字根的主要形成關鍵是三個"口"的省筆快寫，在索靖《出師頌》中看得更加清楚，作"匲"，把握住這個特點，草法就特別容易理解和記憶。孫過庭《書譜》中，"區"和"樞"草法都比較統一，但在書寫"驅"字右邊時，明顯看到孫過庭的草法略有遲疑與生疏之感，似乎有改動的痕跡（圖3-124）。但這不是孫過庭的草法舛誤，而是因為"駈"為"驅"的俗字。根據張湧泉《漢語俗字研究》一書中的解釋：丘、區二字古音十分接近，"駈""驅"互用，是聲旁同音或近音替換的結果。"駈"字在魏晉墓誌和敦煌寫本中常見使用，如《元暐墓誌》中即作"駈"，故而可見孫過庭的草法並不混亂，而是淵源有自的。據此規律，結合草書偏旁符號，可以將傴、軀、毆、驅、嘔、漚、謳、殿、鏂、慪、堀、蓲、鷗、歐、藲、貙等字的草書寫出。

圖3-124：

區 孫過庭《書譜》　樞 孫過庭《書譜》　嫗 趙孟頫《羲之書扇帖》　驅 孫過庭《書譜》

異

“”，從篆書“”到章草“”，到今草“”，這中間的演變過程是漫長的。這個草書字根的具體形成過程應該是比較複雜的，因為目前還未找到足夠的簡牘資料能夠還原。可以肯定的是，當最終草書字根形成後，其使用的穩定性，卻是毋庸置疑的。我們從王廙、王羲之、懷素、孫過庭的作品中都能看到（圖 3-125）。

懷素的大草作品中“戴”字的草法，在以前的臨摹學習中，常常不得要領。如果從草書字根穩定性角度仔細分析左下部“異”的使轉，草法立即變得清晰明了。與“異”字根結合的漢字往往筆畫較多且多為生字，在實際使用中往往容易忽視，如果我們用字根方法來觀照下列漢字時，就會發現，這些字的草書其實比楷書好寫得多。如：潩、瀷、熼、稞、趩、禩、禶等字。

3-125：

廙
王廙作品《淳化閣帖》
冀
王羲之《十七帖》
翼
孫過庭《書譜》
戴
懷素《自敍帖》

“**专**”，篆書作“**專**”。這個字根的形成過程，約可從“**轉**
246.16A”“**轉**居 395.14”兩個字的右半部分追溯筆畫快寫、連筆、
減省等過程。這個草書字根的穩定應用也可從孫過庭及敦煌寫本中
看到（圖 3-126）。

圖 3-126：

傳　孫過庭《書譜》

轉　孫過庭《書譜》

12畫、13畫

曾 單 番 蕢 豐 會 僉 辟 壽
無 義 梟(參) 詹

"曾"，我們從皇象《急就章》中"昌"字草書"昌"的下部以及孫過庭《書譜》中"會"的草書"會"下部符號可以看出，"日"或"曰"其收筆處均有一個合圍回筆的過程。這種收筆合圍在"曾"中我們也可以看出，如皇象《急就章》中"繒"的草書作"繒"，即是此例。"曾"在後來的下行快寫中，其收筆不再作合圍之勢，而改為向下縈帶，如"曾"，比如孫過庭《書譜》中"晉"的草書"晉"，下部"日"的草法也是沿襲的這一草法標準。結合草書偏旁，可以思考贈、憎、增、繒、熷、磳、譄、嶒、層的草法並嘗試寫出。（圖 3-127）

3-127：

增
王羲之《十七帖》

僧
懷素《自敘帖》

層
王鐸《草書詩卷》

“𝌆”，這個草書字根比較常見，上部為兩個“口”的草書符號，這在前面已經介紹過。下部為快寫產生的連筆，其具體演變過程，理解起來應不難。我們在古代經典草書作品中略舉數例，來説明“𝌆”作為草書字根的穩定應用。（圖 3-128）同時，可以思考揮、殫、僤、憚等字的草法。

圖 3-128：

彈　索靖《月儀帖》

蟬　孫過庭《書譜》

鄲　孫過庭《書譜》

禪　懷素《自敍帖》

戰　黃庭堅《廉頗藺相如列傳》

番

　　"⿱米田"，這個草書字根上部保留有類似"米"的草法，是因為
"番"的上部本來就是從"米"，而非從"採"。這從北魏《元纂墓
誌》中"番番、播播"二字，《司馬紹墓誌》中"璠璠"，虞世南
《潘六帖》中"潘潘"等字都可以看出。類似的例字還有"悉"，其
篆書作"⿱釆心"，草書作"⿱米心"。"番"字下部的使轉則是"田"的草
書符號。在敦煌馬圈灣木簡中，"審"字下部已經歷了連筆和筆畫減
省的階段，但還可看到收筆向上作回勢，意圖圍成"田"的外形，
如"⿱宀番"，這種信息在後來的快寫中消失，進一步演化成向下的縈
帶。類似的例字還有"曾"的下部草書符號"⿱䒑日"。作為重要的草書
字根，我們能在很多法帖中驗證它的穩定性和散發功能（圖3-129）。
需要說明的是，"番"字作為獨體字書寫時，盡量不要用這個草書符
號表示，通常寫作"番"皇象《急就章》。結合規律，還可以將蟠、
磻、燔、勧、幡、墦、皤、嬏、憣、禤、旛、轓、橎、籓、鷭、潘、
譒、播、僠、嶓等字的草書逐一寫出。

3-129：

審
王羲之《以日為歲帖》

蕃
王鐸《草書詩卷》

飜
王鐸《草書詩卷》

潘
王羲之《長風帖》

嬏
趙孟頫《致民瞻十札》

翻
孫過庭《書譜》

磻
懷素《小草千字文》

藩
趙構《洛神賦》

皤
王鐸《五言律詩卷》

蒦

　　"夊"，這個草書字根的形成，其實是"艹"加上"隹"加"又"的草法連寫省略而成。其使用比較穩定，由圖 3-130 中獲、鑊、護三字的草法可見。據此我們可以擬出擭、蠖、嚄、濩、艧、檴、穫、鱯、韄等字的草法。

圖 3-130：

護　鮮于樞《蘇軾海棠詩卷》

鑊　黃庭堅《廉頗藺相如列傳》

獲　孫過庭《書譜》

豐

"豐"，從皇象《急就章》中"禮礼"字的右邊"豊"，我們能看出此字根的演變由來。下部其實是一個皿的草書符號"皿"，趙構《真草養生論》"醴"右下角的草法看得尤為清楚（圖 3-131）。這是因為，"皿"與"豆"的文字淵源相近，《説文》云："豆，古食肉器也；皿，飯食之用器也，象形，與'豆'同意。"故二字文字學含義相同，草法亦可取代相通。結合草書偏旁，推演澧、鱧、灃、鸇、灔的草法並嘗試寫出。

3-131：

禮　孫過庭《書譜》　體　孫過庭《書譜》　艷　孫過庭《書譜》　醴　趙構《真草養生論》

　　"云"，此字根由篆書演變至草書的過程非常清楚，即解散字形、快寫、連筆、省筆的全過程在右列字中均能找到脈絡：會小篆、云居 30.15、云居 188.4、色東漢《死駒劾狀》、云居延甲渠侯官遺漢簡，此時已和今草固定草法"云"無二異。作為草書字根，其用亦十分廣泛，如趙構《真草養生論》中"澮"、祝允明《草書曹植樂府詩卷》中"膾"字均是此字根的具體應用。據此，燴、繪、薈、檜、儈、獪、璯、檜、噲、鱠、鄶等字的草書也可擬出。趙孟頫《臨急就章》中"廥"字雖是章草，但除了增加波挑外，其草法並無本質區別。（圖 3-132）另，法藏敦煌寫本《法華經玄贊卷第一》中"會"作"云"，其下部和"曾"草法同，則是另一種草法表示，其在後世並未形成影響。

圖 3-132：

澮　趙構《真草養生論》　　廥　趙孟頫《臨急就章》　　膾　祝允明《草書曹植樂府詩卷》

"僉"，《六書通》作"僉"，字形解散後，中間兩個"口"以三個連續的點表示，下部以短橫表示，最後形成"么"的固定用法，它的穩定搭配使用在王羲之、懷素、孫過庭的作品裏均能體現。（圖3-133）這裏有必要強調一下法帖中也有以連續的兩個點表示"僉"中間的兩個口，如皇象《急就章》裏"驗"就寫作"驗"。孫過庭云："草以點畫為性情，使轉為形質。"既然不是形質上的大問題，大概性情之物則多少可以不計，意思達到即可了。思考噞、礆、臉、瀲、鐱、襝、殮、撿、嶮、嬚、憸、薟、醶的草法並嘗試寫出。

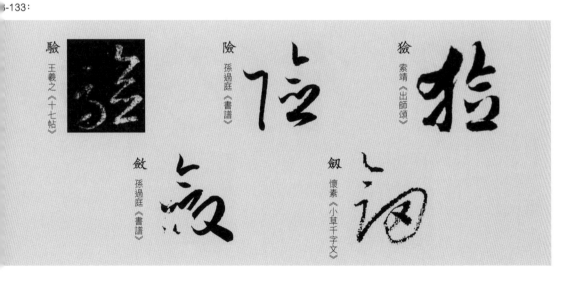

3-133：

驗　王羲之《十七帖》

險　孫過庭《書譜》

獫　索靖《出師頌》

斂　孫過庭《書譜》

劍　懷素《小草千字文》

辟

“辟”，左邊是“尸”加“口”的草寫，前面講草書偏旁頭部分時曾講過，“尸”的草書使轉減省為“厂”的快寫，屈“尼”，右邊“辛”為“辛”的草書省寫，如王導《省示帖》中“宰”字，下部草書符號“辛”與“辟”之左部連寫則形成“辟”，這個字根的穩定應用，可從附圖中孫過庭與賀知章的作品裏得到印證。（圖3-134）再結合草書偏旁，嘗試將擘、檗、癖、擗、僻、霹、嬖的草書寫出。

圖3-134：

壁　孫過庭《書譜》　　璧　孫過庭《書譜》　　避　賀知章《孝經》　　辮　賀知章《孝經》

壽

"壽"，這個字根的形成過程約可從右列一系列字形中看出：壽說文、壽流廩19、壽居157.7、壽居339.21A、壽法藏敦煌寫本《法華經玄贊》，快寫後帶來的字形解散、減省、連筆等環節清晰可見。作為筆畫較多的草書字根，其穩定應用依然能夠在經典作品中得到體現。（圖3-135）結合草書偏旁，我們可以準確地將儔、疇、躊、幬、檮、嬦、譸、燽、燾、壔、璹、翿、纛、嶹、擣、濤等字的草書輕鬆寫出。

-135：

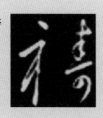

禱 懷素《聖母帖》

禱（日）尊圓親王《書狀》

鑄 孫過庭《書譜》

籌 唐五代敦煌寫本《法華經疏》

""，這個草書字根的形成應該和小篆""沒有直接的繫，但似乎和《六書通》中的""有着密切聯繫，將其快寫並省掉一個豎畫，在快寫的過程中逐漸將下面橫畫位置下移後，最形成"孔紙 24.3"的字形，此時和皇象《急就章》中的"經非常接近了。再來將下面三橫寫出連貫的筆勢，即形成"終加上連筆形成草書字根"。此字根在使用中的穩定性和散發可以從皇象、懷素等人的作品中得到驗證，孫過庭《書譜》中"字上部的草法也是據此而來。（圖 3-136）嫵、潕、譕、璑、鷡、憮、嫵、膴、瞴、儛等字的草法亦可據此推演出。

按：黃庭堅所書的這個無"《李白憶舊遊詩卷》"，上面然保留有四個短豎，表面上看似乎符合篆書法則，但在以快寫實為初衷的草書法則中，少這一豎畫不影響此字的識讀，而多出一則明顯影響書寫的流暢。草書法則中，約定俗成有時是重要的一"無"的另一種寫法如祝允明《歸田賦》中"，其草法來源當來自快寫演化過程中的另一分化，有可能是從"沙木 762"這樣字形減省而來。

圖 3-136：

義

"𦥑",此草書字根的演變過程目前還缺少更多字例來演示説明，但依然少不了減省、連筆、快寫幾個步驟。從這個字根的穩定應用來看，皇象《急就章》中雖然筆畫分散，缺少連筆，但其草法使轉依然統一（圖 3-137）。結合草書偏旁，思考蟻、巇、𤉧、轙、儀、嬟等字的草法。

3-137：

轙 皇象《急就章》

儀 賀知章《孝經》

議 孫過庭《書譜》

喿（參）

"京、乞"，作為草書字根，"參"與"喿"曾一度相混。張
泉《漢語俗字研究》一書中引宋王觀國《學林》卷十"參"字條云
"草書法，'喿'與'參'字同形，故晉人書操字皆作摻。"喿"
書作"喿"，"參"篆書作"參"，二字只在上部略同，下部是絕
有區別的，故而説其同形，卻是牽強。清馬瑞辰《毛詩傳箋通釋
卷八云："魏晉間避魏武帝諱，凡從'喿'之字多改從'參'。"據
看來，"參"與"喿"的混寫始於晉代避諱。故《淳化閣帖》卷三
操之落款實為王摻之，如"摻摻"字即是明證。而懷素在《小草
字文》中卻將"操"書作"摷"，則具有"喿"字原形。（圖 3-138

圖 3-138：

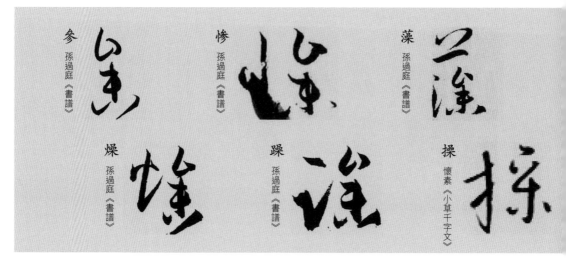

參　孫過庭《書譜》

燥　孫過庭《書譜》

慘　孫過庭《書譜》

躁　孫過庭《書譜》

藻　孫過庭《書譜》

操　懷素《小草千字文》

"居"，此字的草書比較複雜，面貌也多樣，考察其篆書"層"，下部亦是從"言"，按照文字學與草書字根的淵源關係推論，"詹"字的草法使轉和"言"的草書應有着對應關係。用這樣的眼光來考察其草書字根的形成和應用，我們對古人草書紛繁複雜的表象才能有更加理性的認知（圖 3-139）。據此，結合草書偏旁，我們也可寫出憺、瞻、譫、嶦、儋等字的草法。

3-139：

瞻　《淳化閣帖》之《移屋帖》

瞻　孫過庭《書譜》

澹　孫過庭《書譜》

蟾　白玉蟾《四言詩帖》落款

14畫、15畫

曩 褭 龍 盧 臨 嬰

　　""，"曩"作為一個字根，由於其筆畫的複雜和書寫的不捷，影響了其與偏旁部件的散發功能，故而在漢字系統中逐漸被汰，據此生發的漢字亦較少。"曩"為"顯"之異體，有懸掛、顯之意。而"縣"之本意亦為懸掛之意。徐鉉曰："此本是縣掛之縣，借為州縣之縣，今俗加心，別作懸義。""顯""縣"不僅有字形的相似，更有文字學上的相通。而在草法使用上，二者有共通之處（圖3-140）

圖3-140：

顯　王羲之《十七帖》

濕　孫過庭《書譜》

懸　郗愔《知弟猶佳帖》

"睘",篆書作"睘",這個草書字根的具體演變過程不是特別清楚,但其在形成後有着穩定的使用,這一點我們可以從王羲之、趙構以及康里巙巙的作品均可看出。(圖 3-141)結合草書偏旁,可以正確地將寰、擐、鬟、嬛、繯、澴、鐶、懁、擐、鸛、糫等字的草書寫出。

3-141:

還 王羲之《十七帖》

轘 趙構《洛神賦》

環 康里巙巙《梓人傳》

圜 康里巙巙《梓人傳》

龍

"龍"，這是一個常見的草書字根，草化非常明顯，但左下依然能見到"月"的草書符號"彡"，快寫痕跡依然存在於字形中。作為可以生發漢字的字根，其穩定應用常見於古人法帖。如懷素《小草千字文》中"寵"，康里巎巎《梓人傳》中"礱"等字。（圖3-142）據此法則，結合草書偏旁符號，我們可以輕鬆寫出聾、瓏、攏、矓、隴、壟、瀧、壠、櫳等字，即使是儱、鸗、躘、蠪、礲這樣的冷僻字，其草法也可照此擬出。

圖3-142：

寵　懷素《小草千字文》

礱　康里巎巎《梓人傳》

籠　祝允明《牡丹賦》

朧　祝允明《牡丹賦》

盧

　　""，這個字根的形成，可以綜合"虍""皿"兩個偏旁部件的草法來考察，從王羲之《十七帖》中"虛"的字頭以及秦漢古隸中皿"　"到皇象《急就章》中的"　"的形成，可以把"盧"的草法看成是這兩個部件綜合的結果，這一過程中，"田"部件因為快寫而被減省了，但並不影響"盧"作為草書字根的唯一性與辨識度。當然，其穩定的散發性我們同樣可以在古人作品中得到驗證（圖 3-143）。如果有興趣，還可以據此將臚、顱、瓐、蘆、鸕、鱸的草法演繹出來。

3-143：

盧 皇象《急就章》　　驢 高閑《草書千字文》　　鑪《書譜》　　鱸 鮮于樞《秋興詩冊》

臨

　　"𣲘"，這個草書字根的具體形成過程，目前依然沒有足夠的過渡圖片來還原。從字形來看，亦不外乎快寫與減省連筆這幾種手段。有一點可以確定，那就是這個草書字根穩定的散發使用，特別在件筆畫較多的組合字當中，如"藍""攬"等字，草書字根的穩定性依然強勢存在（圖 3-144）。這種穩定性讓筆畫繁難漢字的草書變得清晰理性、易寫易記。據此規律，我們幾乎不費太多精力，便可以將艦、檻、鑒、鑑、懺、儖、爁等字的草法寫出來。

圖 3-144：

""，這個草書字根形成的具體過程應該不難體會。我們在這裏着重要討論的是，在長期的使用過程中，此草書字根的標準並未得到統一。我們從附圖中看到，歐陽詢《草書千字文》中"纓"和趙構《真草養生論》中"癭"字，草書字根""的使轉標準是統一的。但在懷素和王寵二人所寫的"纓"和"櫻"中，並非堅持此標準。後二人所書"嬰"上部的草法顯得更為簡化。那麼在歐陽詢和懷素之間該如何選擇？為了在實際使用中避免混亂，筆者還是傾向於歐陽詢所書"嬰"字作為此草書字根的標準。因為從表面看，懷素的寫法似乎更為簡便，但它和皇象《急就章》"偃"字中間"妟"的草法毫無區分（圖3-145）。據此，我們可以清晰地將更多的草書書寫出來，如攖、瓔、櫻、嚶、瀴、鸚、嶸、蘡、蠳、匶、塸、鷗、宴、郾、惬、蝘、隁、榅、鰋等字。

3-145：

纓 歐陽詢《草書千字文》

癭 趙構《真草養生論》

纓 懷素《小草千字文》

偃 皇象《急就章》

櫻 王寵《草書五言詩軸》

附：

草書字根符號列表

字根	草書符號	出處	字根	草書符號	出處
2畫			斤		王羲之《其書帖》
几(幾)		懷素《小草千字文》	亢		懷素《小草千字文》
3畫			犬		懷素《小草千字文》
口		孫過庭《書譜》	氏		索靖《月儀帖》
勺		懷素《小草千字文》	太		李世民《屏風帖》、《書譜》
亡		孫過庭《書譜》	天		孫過庭《書譜》
也		王羲之《妹至帖》	五		懷素《小草千字文》
4畫			匀		歐陽詢《草書千字文》
比		王羲之《十七帖》	止		孫過庭《書譜》
屯		漢晉西陲木簡	5畫		
分		懷素《小草千字文》	包		孫過庭《書譜》
夫		皇象《急就章》孫過庭《書譜》	北		李世民《屏風帖》
公		王羲之《十七帖》	出		王羲之《十七帖》
勾		孫過庭《書譜》	尒(爾)		智永《真草千字文》
今		孫過庭《書譜》	巨		孫過庭《書譜》

續表

字根	草書符號	出處	字根	草書符號	出處
句		孫過庭《書譜》	去		孫過庭《書譜》
令		孫過庭《書譜》	6畫		
矛		孫過庭《書譜》	并		陳淳《草書詩卷》
民		懷素《小草千字文》	此		王羲之《十七帖》
尼		孫過庭《書譜》	次		孫過庭《書譜》
皮		孫過庭《書譜》	成		王羲之《旃罽胡桃帖》（敦煌寫本）
且		王羲之《初月帖》	而		孫過庭《書譜》
市		王羲之《狼毒帖》	耳		王羲之《游目帖》
世		趙構《養生論》	艮		孫過庭《書譜》
台		孫過庭《書譜》	亘		智永《真草千字文》
夗		孫過庭《書譜》	共		王羲之《十七帖》
戌		趙構《洛神賦》	亥		高閑《草書千字文》
左		懷素《小草千字文》	合		孫過庭《書譜》
乍		孫過庭《書譜》	夾		懷素《小草千字文》
召		孫過庭《書譜》	交		《書譜》、《小草千字文》
可		孫過庭《書譜》	曰		懷素《小草千字文》

續表

字根	草書符號	出處	字根	草書符號	出處
老		趙構《白居易七律詩》	孝		賀知章《孝經》
考		孫過庭《書譜》、（日）空海《新撰類林抄》	7 畫		
戎		懷素《小草千字文》	巠		孫過庭《書譜》
色		皇象《急就章》	酉		顏真卿《祭姪稿》
寺		索靖《月儀帖》	辰		懷素《小草千字文》
危		孫過庭《書譜》	弟		懷素《小草千字文》
羊		懷素《小草千字文》	兑		趙構《洛神賦》
芻		（宋）杜衍《仲冬嚴寒帖》	更		孫過庭《書譜》
戉		居延漢簡 128.1	谷		皇象《急就章》
衣		王羲之《十七帖》	炙		孫過庭《書譜》
亦		孫過庭《書譜》	即		孫過庭《書譜》
有		孫過庭《書譜》	条		孫過庭《書譜》
聿		孫過庭《書譜》	戒		黃庭堅《廉頗藺相如列傳》
兆		康里巎巎《梓人傳》	良		孫過庭《書譜》
至		王羲之《妹至帖》	每		王獻之《玄度來遲帖》
竹		王羲之《十七帖》	求		王羲之《十七帖》

續表

字根	草書符號	出處	字根	草書符號	出處
束		孫過庭《書譜》	奉		孫過庭《書譜》
我		王羲之《十七帖》	非		懷素《小草千字文》
吾		王羲之《十七帖》	岡		孫過庭《書譜》
希		王羲之《十七帖》	乖		王羲之《伏想嫂安帖》
享		孫過庭《書譜》	官		孫過庭《書譜》
辛		（日）空海《新撰類林抄》	音		（日）尊圓親王《雲州消息》
言		孫過庭《書譜》	貫		孫過庭《書譜》
甬		（日）空海《新撰類林抄》	果		王羲之《游目帖》
足		孫過庭《書譜》	或		孫過庭《書譜》
坐		王獻之《鐵石前佳帖》	戔		皇象《急就章》
8畫			京		懷素《小草千字文》
長		孫過庭《書譜》	居		王羲之《十七帖》
兔		孫過庭《書譜》	帛		趙構《洛神賦》
采		趙構《洛神賦》	具		王羲之《十七帖》
罙		懷素《小草千字文》	卷		孫過庭《書譜》
垂		孫過庭《書譜》	昆		懷素《小草千字文》

續表

字根	草書符號	出處	字根	草書符號	出處
夌		懷素《小草千字文》	卑		懷素《小草千字文》
來		王羲之《十七帖》	卒		孫過庭《書譜》
錄		皇象《急就章》	者		王羲之《十七帖》、孫過庭《書譜》
妻		賀知章《孝經》	直		《淳化閣帖》之《移屋帖》
其		王羲之《游目帖》	佳		王羲之《妹至帖》
青		孫過庭《書譜》	宗		孫過庭《書譜》
肅		孫過庭《書譜》	爭		賀知章《孝經》
尚		孫過庭《書譜》	9畫		
受		懷素《小草千字文》	為		王羲之《游目帖》
叔		王羲之《十七帖》	韋		董其昌《臨歐陽詢草書千字文》
罔		懷素《小草千字文》	禺		懷素《聖母帖》
昌		皇象《急就章》	扁		孫過庭《書譜》
昔		王羲之《十七帖》	差		王獻之《玄度來遲帖》
奄		孫過庭《書譜》	帶		孫過庭《書譜》
易		孫過庭《書譜》	帝		王羲之《十七帖》
亞		歐陽詢《草書千字文》	畐		懷素《小草千字文》

字根	草書符號	出處	字根	草書符號	出處
革		孫過庭《書譜》	畏		懷素《小草千字文》
骨		孫過庭《書譜》	威		懷素《小草千字文》
曷		孫過庭《書譜》	昷		孫過庭《書譜》
荒		懷素《小草千字文》	咸		孫過庭《書譜》
叚		孫過庭《書譜》	相		孫過庭《書譜》
柬		黃庭堅《廉頗藺相如列傳》	星		懷素《小草千字文》
皆		王羲之《十七帖》	要		王羲之《十七帖》
眉		王羲之《十七帖》	易（易）		高閑《草書千字文》
前		王羲之《十七帖》	盈		懷素《小草千字文》
柔		孫過庭《書譜》	俞		孫過庭《書譜》
叟		孫過庭《書譜》	爰		孫過庭《書譜》
虽		孫過庭《書譜》	哉		孫過庭《書譜》
甚		王羲之《十七帖》	兹		孫過庭《書譜》
是		王羲之《十七帖》	奏		李世民《屏風帖》
亭		皇象《急就章》	晝		高閑《草書千字文（殘卷）》
象		孫過庭《書譜》	重		孫過庭《書譜》

續表

字根	草書符號	出處	字根	草書符號	出處
貞		懷素《小草千字文》	莫		孫過庭《書譜》
鬼		孫過庭《書譜》	能		孫過庭《書譜》
10 畫			旁		孫過庭《書譜》
敖		祝允明《行草牡丹賦》	秦		懷素《小草千字文》
乘		懷素《聖母帖》	朔		孫過庭《書譜》
倉		皇象《急就章》	唐		懷素《小草千字文》
從		王羲之《十七帖》	泰		《淳化閣》之皇象帖
專		皇象《急就章》	奚		孫過庭《書譜》
高		王羲之《十七帖》	原		懷素《聖母帖》
萬		王羲之《十七帖》	員		懷素《小草千字文》
兼		王羲之《十七帖》	真		王羲之《游目帖》
竞(竟)		懷素《小草千字文》	夏		王羲之《十七帖》
弱		懷素《自敍帖》	11 畫		
离		孫過庭《書譜》	曹		孫過庭《書譜》
欷		孫過庭《書譜》	常		王羲之《十七帖》
禼		孫過庭《書譜》	參		《淳化閣帖》卷三

字根	草書符號	出處	字根	草書符號	出處
商		趙構《真草養生論》	章		王羲之《十月七日帖》，見《大觀帖》卷七
敢		懷素《小草千字文》	專		孫過庭《書譜》
習		孫過庭《書譜》	12 畫		
祭		孫過庭《書譜》	賁		懷素《小草千字文》
菫		顏真卿《湖州帖》	登		（日）空海《新撰類林抄》
累		孫過庭《書譜》	曾		王羲之《十七帖》
鹿		皇象《急就章》	發		孫過庭《書譜》
婁		懷素《小草千字文》	番		王羲之《以日為歲帖》
鳥		懷素《小草千字文》	單		孫過庭《書譜》
票		孫過庭《書譜》	貴		孫過庭《書譜》
戚		歐陽詢《草書千字文》	敬		孫過庭《書譜》
區		孫過庭《書譜》	勞		孫過庭《書譜》
嗇		孫過庭《書譜》	寮		懷素《小草千字文》
尉		皇象《急就章》	禽		懷素《小草千字文》
焉		孫過庭《書譜》	喬		皇象《急就章》
異		孫過庭《書譜》	然		孫過庭《書譜》

續表

字根	草書符號	出處	字根	草書符號	出處
無		王羲之《初月帖》	罘		李懷琳《嵇康與山巨源絕交書》
喜		李懷琳《嵇康與山巨源絕交書》	梟		懷素《小草千字文》
巽		孫過庭《書譜》	僉		孫過庭《書譜》
犀		王羲之《十七帖》	當		孫過庭《書譜》
尋		王羲之《十七帖》	會		孫過庭《書譜》
雲(云)		孫過庭《書譜》	載		王羲之《其書帖》
尊		孫過庭《書譜》	14 畫		
粦		懷素《小草千字文》	賓		懷素《小草千字文》
戠		李懷琳《嵇康與山巨源絕交書》	盡		孫過庭《書譜》
13 畫			監		孫過庭《書譜》
夐		懷素《小草千字文》	寧		索靖《月儀帖》
豊		孫過庭《書譜》	齊		孫過庭《書譜》
敫		孫過庭《書譜》	壽		孫過庭《書譜》
義		孫過庭《書譜》	疑		孫過庭《書譜》
辟		皇象《急就章》	15 畫		
亶		孫過庭《書譜》	暴		李世民《屏風帖》(傳)

續表

字根	草書符號	出處	字根	草書符號	出處
樂		王羲之《十七帖》	蘿		孫過庭《書譜》
賣		懷素《小草千字文》	爵		懷素《小草千字文》
罷		趙構《洛神賦》	鐵		孫過庭《書譜》
儌		李世民《屏風帖》(傳)	襄		懷素《小草千字文》
臧		孫過庭《書譜》	麗		懷素《小草千字文》
16 畫以上			願		董其昌《臨歐陽詢草書千字文》
龍		孫過庭《書譜》	贊		索靖《出師頌》
盧		高閑《草書千字文》	黽		孫過庭《書譜》

第四章　異體字與草法

在深入研究中，筆者發現有些草法的形成並不能簡單地以快省略來作出解釋，它還需要進一步結合異體字領域的知識才能完理解草法的生成。裘錫圭在《文字學概要》中給異體字所下定義是"異體字就是彼此音義相同而外形不同的字。"[1] 呂叔湘認為："異體是一個字的不同寫法。兩個或幾個字形，必須音義完全相同，才算是一個字的異體。"[2] 在這樣的認識下，異體字應包括俗體、古體、古今字、正俗、帖體、多形字等。[3] 連登崗則概括地認為："廣義的異體字，指一個字曾經有過的各類字形。"[4]

　　雖然在文字學研究領域，異體字的明確概念還有待細化[5]，為了文的方便，本文基本遵循"文字系統中形體不同而所記錄的詞音完全相同"[6] 這一原則來看待和草書有密切聯繫的異體字。大致而言本文中選用的異體字將主要集中在碑別字、俗體、古今字等對象就圖像資料而言，主要以漢碑和魏晉隋唐墓誌石刻文字為主，同兼顧俗體字。

　　我們先舉一個簡單的例字來說明異體字與草法的對應關係：過庭《書譜》中"風"草法作"𦨞"，關注中間的草書符號"𠃌"會現，它既不對應"風"中部構件"乂"，也不對應"風"的構件"垂"對應的卻是"雲（云）"的草書符號"云"，這在趙孟頫《二贊二詩中，"風"看得尤為清楚。追溯源頭，在魏晉時期的墓誌作品"風"字中間多作"雲（云）"，如魏《司馬昞墓誌》中，"風"寫"凬"，《司馬景和墓誌》中也作"凬"，中間構件均為"雲（云）""凬"為"風"的異體字。草書與異體字有對應關係可從兩個方面理解：一，草書所對應的正體可能就是我們現在認為的異體字；這些異體字寫法也有可能源自草書的楷化。二者間有交錯重疊，時還無法釐清二者間明確的先後順序。

1　裘錫圭：《文字學概要》，商務印書館，1988，第 205 頁。

2　呂叔湘：《語文常談》，生活・讀書・新知三聯書店，1980，第 26 頁。

3　呂永進：《異體字的概念》，張書岩主編：《異體字研究》，商務印書館，2004，第 34 頁。

4　連登崗：《異體字的概念與異體字的整理》，《異體字研究》，第 49 頁。

5　比如李國英在《異體字的定義與類型》一文中認為："應當從構形和功能兩個維度重新定義異體字異體字是為語言中同一個詞而造且在使用中功能未分化的、同一個字的不同形體。"《北京師範大學學（社會科學版）2007 年第 3 期，第 46 頁。

6　毛遠明：《漢魏六朝碑刻異體字研究》，商務印書館，2012，第 7 頁。

下面我們將按照筆畫順序，以舉例的形式來說明異體字與《書譜》草法形成之關係，從另一個角度來觀照草法的文字學屬性。

4畫、5畫

公 (㕣)　　屯　兮　存　召

(㕣)

就"公"字的草法而言，書寫並不複雜，如王羲之《十七帖》中作"＂"，孫過庭《書譜》中作"＂"，草法一致。但當孫過庭《書譜》中"沿"草法作"＂"，趙構《洛神賦》中"鉛"作"＂"時，就讓人產生迷惑了。因為二字中"㕣"部件的草法均和"公"相同。要解釋這個現象，就必須運用文字學中異體字的知識。在古文字中，"公""㕣"二者因為形相近而混用（如"松鬆"和"沿㳂"的右部），相關的研究文字學研究領域也已成共識。[7] 簡單地說，"鉛"與"鈆"同，"船"與"舩"同，而"沿"與"㳂陸機《文賦》"又同。換之於草法而言，當書寫者看到"㕣"部件時，只要將其寫作"公"的草書，就不會產生草法書寫上的錯誤。這種異體字現象為草法的易寫、易識創造了條件。

7　李榮：《漢字演變的幾個趨勢》，見史定國主編《簡化字研究》，商務印書館，2004，第7頁。另外可見劉元春《唐代字樣學研究》（華東師範大學2009年博士論文，第62、63頁）的相關論述。

屯

要理解“屯”的草法，需要從異體字角度來考察。在漢晉西木簡中作“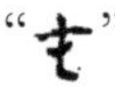”，《隸辨》引《魯峻碑》“”，都能看出為了加快寫速度，已經將橫向的筆畫簡化。至隋《解方保墓誌》中作“已經將此寫法固定。顏真卿《多寶塔碑》中“純”作“”，亦是例。由此考察孫過庭《書譜》中“頓”之草法“”、“鈍”之草“”，可明此草法之由。結合草書偏旁，可以據此擬出飩、忳、坉囤、軘、魨、豘、吨、黗、芚、噸、盹、沌等字的草法。

兮

“兮”字的草書在晉唐名家作品中目前尚未見到，雖然此字筆不多，草法並不複雜，趙構《洛神賦》中作“”，可為參考之一但如果還原到漢隸階段，此字草法則更容易理解。《隸辨》引《桐廟碑》中，“兮”作“”，漢碑《鄐頌閣》亦同，作“”，這寫法至魏晉時期應該還是通行寫法，如王獻之楷書《洛神賦十三行中作“”。明代書家祝允明深諳草法，他的草書作品《赤壁賦中，此字草法即作“”，當時據漢隸及異體而來。而反觀趙構《神賦》中“”的草法，則似乎少了一些草書“示簡易知之旨”意蘊。

存

　　"存"的草法在懷素《小草千字文》中作"　"，趙孟頫《臨急就章》中作"　"，孫過庭《書譜》中的"　"作了連筆處理，此寫法遂成了"存"的今草標準草法。其中一個細節需要注意，就是"存"的草法未見左下部的豎畫，這並不是快寫省略的結果，而是根據漢隸乃至古隸的書寫習慣而來。如《張遷碑》《禮器碑》《曹全碑》中，"存"分別作"　""　""　"，均未見豎畫存在。《華山廟碑》中豎畫變成了一個象徵性的豎點，作"　"頗有畫蛇添足之感。一直到隋代《劉珍墓誌》中，省去豎畫的寫法還能見到，如"　"。如此理解"存"的草法，可知其源。

　　"在"的草法行成亦有同樣的現象。大多數漢隸寫法中，如《史晨碑》《禮器碑》《肥致碑》中均作"　""　""　"的寫法，左下部豎畫皆省去。在此基礎上的快寫、連筆是草法"　"最終形成的文字基礎。

　　按："世"的常見寫法為"　"或"　"，索靖《出師頌》中作"　"，並未做太多草化。但此字有一種隸書寫法非常接近於"在"，如《漢隸字源》引《郎中鄭固碑》，"世"即作"　"。而"世"的草法"　"和"　"使轉上有共通之處，其文字依據可能也正在於此。繼續延伸，由於"桑"字在漢碑中作"　《礼器碑》"，其上部與"世"構件接近，故而其草書"　文徵明《滕王閣記》"上部也能和"世"的草書有形近關係。

召

　　"召"字草法在懷素和孫過庭作品中均作"**召**"，從草法形態看，其上部並不能和"刀"的寫法對應。但是從東漢以後，此字部書寫已開始訛變，如東漢《魯峻碑》中作"**召**"，上部已有分散勢。在北魏時期的墓誌中，"召"上部已完全分解成呼應的兩點，魏正光元年（520）《李璧墓誌》中"昭"作"**昭**"，北魏《元誨志》中，"沼"作"**沼**"，北魏《李頤墓志》中"炤"作"**炤**"。如把上部的撇點加長，就會形成接近於草法的字形，如《王元甑妃氏墓誌》中"招"作"**招**"，北魏《李頤墓志》中"詔"作"**詔**"，我們不管從懷素《小草千字文》中的"劭"，還是《書譜》中"沼"和"超"，宋克《草書進學解》中"招"等字中，都能看到對這一準的謹守（圖4-1）。據此，結合草書偏旁，我們可以輕鬆地將時詔、炤、昭、笤、超、苕、岹等字的正確草法推演出來。

圖4-1：

劭　懷素《小草千字文》　　沼　孫過庭《書譜》　　超　孫過庭《書譜》　　招　宋克《草書進學解》

6畫、7畫

亨(享、烹) 老 宂 色 血 兆

(享、烹)

　　"亨"與"享"二字在行、楷寫法上有區別,但在篆、隸書中,是不作區別的。《說文》中,二字皆作"含"形。《漢隸字源·平聲·庚》"亨"字即注云:漢碑凡元亨字,皆作"享",則"享""亨"二形必亦然。葉昌熾《語石》卷一引《九經字樣》云:"凡元亨之'亨',享獻之'享',烹飪之'烹',只是一字。經典相承,隸省作'享'者,音響。作'亨'者,音赫平。後人復別出'烹'字,其實皆可通用也。"[8]也就是說,在文字使用上,亨、享、烹三字互為異體。

　　運用以上知識來考察,就會發現此三字的草法自古以來一直沒有固定標準,在實際書寫創作中較為混亂。如"烹"字,古人就有不同的理解。如智永《真草千字文》中作"𠮷",高閑《草書千字文(殘卷)》中作"主",懷素《小草千字文》中作"𠀤"。按照葉昌熾的解釋,"亨""享""烹"這三個字互為異體,可以通用。某種程度上講,在草書書寫中,只要按照一種草法使用即可。不過在明清人的草書創作中,為不致混亂,大多數情況下,還是採取行書寫法以求變通。

8　葉昌熾:《語石》卷一,中華書局,1994,第24頁。

"老"字草法在晉唐法帖中還是比較穩定的，如王羲之《十七帖》中"草"，孫過庭《書譜》中作"老"，除了一些快寫牽絲外幾乎沒有草化的痕跡。"老"的異體字有"耂"和"耆"，分見《別字新編》所引《魏元子直墓誌》和《魏穆纂墓誌》。唐李白《上陽臺帖》中作"老"，張旭《古詩四帖》中，有了異化草寫，作"老"，趙構在《真草養生論》中寫作"老"，徐渭《白燕詩卷》中作"老"，下部兩點分散，此遂成後世流行草法。需要説明的是，此種草法不具有字根的散發性，與偏旁組合時需要謹慎。如"姥"字，其法還是應以《書譜》中"姥"為準，其他如佬、銠、咾、恅、珯、粩、鮱、硓等字草法，當據此法則為宜。

"巟"的草書符號較為穩定，皇象《急就章》中"梳"作"梳"，王羲之《十七帖》中"流"作"流"，祝允明《牡丹賦》中延續草法，作"流"。但懷素《自敍帖》中，草法作"流"，甚為簡，右部為"不"的草書符號"不"，這種草法為文字對應關係應從異體字領域考慮，"巟"為"不"之異體[9]。如《禮器碑》中"流"即"流"。"巟"亦為"荒"之異體，文獻上"巟"與"荒"多見通，如《詩經·周頌》："天作高山，大王荒之。"即假"荒"為"巟"。

9　見台灣教育研究院異體字網站。http：//dict2.variants.moe.edu.tw/variants/rbt/word attribute.rbt

色

　　"色"這個字草法並不複雜，皇象《急就章》中作"色"，懷仁《集王羲之聖教序》中行書寫法作"色"。但稍有書寫經驗的作者會經常有一個疑惑，即草書"色"中間的短豎可不可以省略？從異體字角度來看，漢碑中"色"字寫法多省略中間的短豎，如《張遷碑》中"色"，《史晨碑》中"色"，據此可知，"色"為"色"之異體，這個字的草法也就理所當然地可以省去中間短豎，寫作"色 趙孟頫《前後赤壁賦》"即可。在較早的居延漢簡中，"絕"已作"絕 居128.1"，可見其用法由來已久。如此一來，像䖠、鉋、柶、蒞、�這些低頻率使用的漢字，如果寫成草書，也就無需查翻字典了。

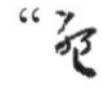

　　"巴"由於和"色"有相同的部件，中間短豎也可省略。如東漢《肥致碑》中，"肥"作"肥"，《金石文字辨異·平聲·微韻》引《唐東方朔畫像贊》中，"肥"作"肥"，所以其草法即作"肥 智永《真草千字文》"，亦省去中間短豎。據此類推，把、靶、疤、耙、芭、笆、弝、帊、杷、鈀等字的草法當可輕鬆寫出。

在侯燦、楊代欣編《樓蘭漢文簡紙文書集成》中，可見此字法作"〇"。這個字形和懷素《小草千字文》中"恐〇"極其相似，但仔細觀察，"〇"的草法使轉和後者又有明顯區別的，這種區別不是快寫或連筆的混淆，而是刻意的停頓與重新起筆。仔細觀察"〇"的下部，和"皿"字的草法非常接近，如王羲之《十七帖》中"鹽〇"、孫過庭《書譜》中"溫〇"的下部，我們可以看到"皿"對應的是相同使轉符號為"〇"。由秦漢古隸中"皿〇"到皇象《急就章》中"〇"，再到王羲之《十七帖》中"〇"，我們可以清楚地看到草書符號的演變。《書譜》中的盡"〇"的下部使轉和"〇"的下部也是一致的。

"〇"字為何不易釋讀，主要是因為"血"的異體寫法干擾所致。在《張遷碑》中"恤"作"〇"，"血"字上部多出一橫畫，魏《裴譚墓誌》中亦有"〇"字，其左部作此。在隋《田保洛暨王氏墓誌》中看得就更為清楚，"血"作"〇"，而到了唐代顏真卿《王琳墓誌》中，已清晰看出發生了簡省，作"〇"。最終大約在柳公權時期，現在通行的寫法已經形成，如柳公權《神策軍碑》"〇"的寫法。

通過這樣的文字學梳理，將異體字與草法聯繫起來考察，即可還原"血"字草法的來龍去脈，便於草書學習者理解和記憶。

兆

    "兆"字的標準草法極為簡潔,如懷素《小草千字文》中作"兆",在元人康里巎巎《梓人傳》中,則交代得更為清晰,作"兆",二者同出一轍,均省去了中間的豎撇。這是因為"兆"在居延漢簡中寫作"兆居561.15",已具省略之形,在《華山廟碑》,則寫作"兆",可見此寫法源來。在東魏元象二年的《高湛墓誌》中,最終簡化為"兆"的寫法,已和草書無甚區別。另外,從北魏《司馬紹墓誌》中"姚"的寫法"姚"以及隋《劉度墓誌》中"挑"的寫法"挑"來看,這種簡省寫法在當時已成通例。最後檢驗皇象、王羲之、懷素等人作品,發現"兆"也是一個具有強大散發功能的字根(圖4-2)。我們據此規律並結合草書偏旁,可以輕鬆而準確地將挑、跳、姚、珧、趒、筄、姚、銚、恌、佻、祧、脁、庨、誂、絩、胀、旐、狣、鮡、桃、洮、咷、鞉、駣等字的草書寫出。

-2:

銚 皇象《急就章》

桃 王羲之《十七帖》

桃 (日)空海《新撰類林抄》

脁 懷素《小草千字文》

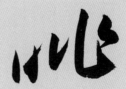

脁 高閑《草書千字文(殘卷)》

8畫、9畫

虎　受　叟　逆

　　由於"虎"的異體字較多，故而其草法面貌也不盡相同。就見的幾種而言，都能體現異體字與草法之間的緊密呼應關係。如鐸《菊潭纂峨眉山紀詩》中"*虎*"，其應該是從異體俗字"*虎*"來，它和王鐸《草書詩卷》中的"*虎*"在草法上沒有本質區別，後不過是"*虎*"連筆快寫的結果。王羲之《長風帖》中"虎"作"*虎*"，《魏馬振拜造像》中有"虎"的異體"*虎*"能與之對應。而《冠帖》中"*虎*"，雖號為大草，但就草法而言，也只是加速快寫後結果，曲折纏繞只是表面現象，其並未逾越草法的內在理路。《方碑》中"號*虎*"的右邊也有一個"虎"字，其楷化後可作異體"*虎*"，王羲之《喪亂帖》中"號"的草書"*虎*"應是據此而來。世張瑞圖《杜甫五律詩軸》中的"*虎*"源流也正在此。

　　另外，趙孟頫《前後赤壁賦》中"*虎*"是和異體字"*虎*"相應；祝允明《歸田賦》"*虎*"則和異體字"*虎*"相一致。明晰以上字的對應關係，"虎"字的各種草法問題就會迎刃而解，爛熟於心懷素《小草千字文》中，"受"作"受"。從小篆與漢簡等資料的一系列變化中，可以看出這個草書字根形成的基本過程："爰《説文》、受居 231.92、受居 227.107、受居 173.31、受皇象《急就章》。"從附圖字例中也可以看出，不管是章草作品《出師頌》中的"授"字，還是大草作品懷素《自敍帖》中的"授"，亦或是今草作品日本古代書家空海《新撰類林抄》中的"綬"，除了線條粗細方圓與書寫節奏的區別外，其草法標準均是相同的（圖 4-3）。

　　這裏，要特別講一下附圖中的"辭"和"亂"兩個字。表面上看，此二字和"受"沒有任何關係，但它們左邊的使轉卻和"受"的使轉如出一轍（見圖 4-3）。張湧泉在《簡化字探源三題》一文中認為："'辭'並非直接由'辭'簡化而來，而是來源於'辝'，'辝'字俗書訛變作'辞'，而古書中'辝'、'辞'混用不分。據之類推，則'亂'字亦簡省作'乱'矣！"[10] 北魏正光元年（520）《李璧墓志》中"辞"作"辞"，《高道悦墓志》作"辞"，可見彼時此寫法為

10　張湧泉：《簡化字探源三題》，《紹興文理學院學報》，2006 年第 3 期，第 116 頁。

4-3：

授　索靖《出師頌》

授　懷素《自敍帖》

綬　（日）空海《新撰類林抄》

辭　懷素《小草千字文》

亂　皇象《急就章》

覷　孫過庭《書譜》

通行正體。《世說新語》中的這條記載亦可為旁證：魏武嘗過《曹娥碑》下，楊修從碑背上見題，作"黃絹幼婦外孫齏臼"八字，魏謂修曰："解不？"答曰："解。"魏武曰："卿未可言，待我思之。"行三十里，魏武乃曰："吾已得。"令修別記所知。修曰："黃絹，絲也，於字為絕。幼婦，少女也，於字為妙。外孫，女子也，於為好。齏臼，受辛也，於字為辤。所謂'絕妙好辤'也。"魏武亦之，與修同，乃嘆曰："我才不及卿，乃覺三十里。"11

　　屠隆《篇海內編》中，收有"亂"字，作"𤔔"，亦可和其草對應。經過文字學角度的解釋，我們對"辭"和"亂"草法的形方有了根本性的瞭解。孫過庭《書譜》中"覿"的草法"𮣂"，來應該也是據此。這個例子，其實就是漢字的俗體、異體等文字學論在草法形成發展中的重要體現。

　　"臾"字中由於含有"臼"部件，在草法上容易使人混淆。但如參考異體字的寫法，其草法則簡單易記。比如《北齊沙丘城造像》"𤢃"和《元略墓志》中"諛諫"，其右部並非是"臼"部件，而封閉的類似於"日"的部件。通過這個環節的對比，即可以很好理解其草法，便於記憶。如皇象《急就章》中"腴狹"以及孫過庭《書譜》中"庾庚"即是明證。

　　索靖《出師頌》中，"逆"草書作"𨔣"，敦煌馬圈灣木簡中作"遝"，"辶"上部似為"羊"的快寫，與"屰"的部件無法對應，而對照異體字，如《曹全碑》中"遝"、北魏正光元年《李璧墓志》"逆"，即可明瞭此字草法之本源。

11　《世說新語·捷悟》，見余嘉錫：《世說新語箋疏》（修訂本），上海古籍出版社，1993，第 579、580 頁

10畫、11畫

芻 皋 害 恐 淚、喬 朔 笑 曼

陰

"芻"的草法看似複雜，其實只要明白在漢字組合中，它可以和"多"這個部件互為異體，即可將其草法輕鬆寫出。如"趨"為"趨"的異體。在銀雀山漢簡就有""，"芻"已接近"多"的字形，這極有可能是在快寫過程中造成的。在草書中，凡含有"芻"部件，均可以"多"的草書"多"代替。這從《急就章》和《書譜》中的例字均可看出（圖4-4）。

另外："多"作為草書字根，也就有獨立散發功能。如圖4-5。

4-4：

騶 皇象《急就章》
鶵 皇象《急就章》
趨 孫過庭《書譜》
芻 趙孟頫《臨急就章》

4-5：

移 賀知章《孝經》
侈 懷素《小草千字文》

"皋"字在索靖《皋陶帖》中作"▉"，和懷素《小草千字文》"▉"的草法基本一致。"皋"上部的"白"能與二者草法對應，而▉部則無法理解。《東觀漢記》載，光武帝時，城皋縣衙官員的印章▉同一"皋"字有三種寫法："城皋令印，'皋'字為'白'下'羊▉丞印'四'下'羊'；尉印'白'下'人'，'人'下'羊'。"12 這▉明了同一個"皋"字，其異體寫法的多樣性。其中所謂的'白'▉'羊'，在篆書中就是"▉"，《隸辨》引《趙相雍勸闕碑》作"▉隋《劉士安墓誌》中則作"▉"，"羊"字上部兩點已弱化，變成▉體字"▉"。由此來關照索靖、懷素筆下"皋"字草法的形成，是▉合文字演變規律的，也便於學習者的理解。而反觀智永《真草千▉文》中"皋"的草法"▉"，則似乎是根據異體字"▉"而來，但▉種模棱兩可的草法在後世的接受度似乎並不高。

　　按：《神烏傳》中"澤"作"▉"，右部可見"睪"字之▉省。又因"睪"字和異體字"▉"字形極為相似，其草法"▉"也▉由"▉"而來，只是脫去了起筆的撇畫。不過，王鐸在《草書詩▉中，"驛"字右部起筆並未脫去撇畫，作"▉"，或是其草法迅疾▉致，或和古人相悖。因為"▉"作為草書字根，其從漢代始使用即▉分穩定，在孫過庭、李懷琳等人作品亦可見其廣泛應用。如圖 4-6

12　（漢）劉珍等撰，吳樹平校註：《東觀漢記校註》卷十二，中州古籍出版社，1987，第 422 頁。

圖 4-6：

擇　敦煌馬圈灣木簡

懌　孫過庭《書譜》

澤　李懷琳《嵇康與山巨源絕交書》

釋　懷素《小草千字文》

害

雲夢睡虎地秦簡中，"害"作"串"，居延新簡中作"害"，《曹全碑》作"害"、《勤禮碑》則作"害"，中間均書作兩橫。據此理解孫過庭《書譜》中"割"字之草法"害"，方不會被簡化字"害"中間之三橫迷惑。

恐

"恐"的草書為"え"，懷素和孫過庭作品中均與此統一，作"え"或"乙"。從《説文》中"䀪"和異體"恐"均無法清晰瞭解其草法之來源。上溯到金文中，"恐"作"亞"，亦有作"亞"，據此衍生出俗體字"忑"，此見《敦煌俗字譜》。以"工"作連筆快寫並結合"心"的草書符號"～"，即可形成草法"乙"，此見王羲之《十七帖》。

淚

"淚"字草法的樣本並不多見，王鐸《草書詩卷》中有"淚"，但這個草法並不是依據"淚"而來，它應該來源於"淚"，唐顏真卿《多寶塔碑》中作"淚"，徐浩《李峴妻獨孤峻墓誌》中又作"淚"，少了右下角的短撇，由此可見此字在楷書形成過程中的複雜，而草書則更不用説了。

根據隋開皇二十年《謝成暨李氏墓誌》中"吠吠、犬犬"[13]二字來看，"淚"字右下角應為"犬"字，據此我們可以理解王鐸草法"淚"的由來。

13　王其禕等編：《隋代墓誌銘彙考》，線裝書局，2007，第330頁。

　　對"喬"字草法的正確理解並不能建立在它的繁體字"喬"上，此字小篆作"喬"，上部從"夭"，無法和其草法"（）"相對應。顏真卿《顏勤禮碑》中有"高"，上部從"右"，草法作"右"，在流轉上能與"（）"契合。趙孟頫《臨急就章》中，"蕎"作"蕎"，能見"右"的草法使用。核驗北魏《元纂墓誌》中"驕"、《元暐誌》中"驕"以及隋《董美人墓誌》"嬌"、唐顏真卿《東方朔贊》中"蕎"等字，會發現"高"部件被大量使用，此也正是"喬"草法上部從"右"的重要依據。立足於此，再來校驗古人作品中法之形成，會有更新認識。（圖4-7）據此推導，橋、僑、嶠、鞽、轎、礄、勷、趫、蹻、蟜、繑、墧、憍、嬌、轎、驕、憍、敽、撟、稿、簥、鱎等字的草法問題也就迎刃而解。（圖4-7）

圖4-7：

驕　皇象《急就章》　　驕　賀知章《孝經》　　矯　董其昌《臨歐陽詢草書千文》

朔

"𡴋"，此字為"朔"。審視其草法，右部是"月"的草書符號，非常清晰。但左部則為構件"丰"的連筆快寫，而非"屵"。如《漢隸字源》引《無極山碑》，"朔"作"𦐇"，《華山廟碑》則作"𦐇"，敦煌馬圈灣木簡中作"𦐇"，除了起筆略有細微區別外，外形大體相近。《碑別字新編》中引《魏胡毛進墓誌》作"朔"[14]，一直到隋代開皇年間，"朔"字還廣泛寫作"𦐇"[15]，據此可見孫過庭草法依此而來。

笑

"笑"的草法形成也有一定的複雜性，它和異體字、俗字密切相關。李世民《屏風帖》中作"𥬇"，空海《新撰類林抄》"𥬇"均應是據"笑"的本字而來。但其竹字頭下部為何從"犬"而不從"夭"，這是因為從"犬"的寫法為當時通行的正體，在今天看了就成了異體。如顏真卿《麻姑仙壇記》中作"笑"，徐浩《李峴妻獨孤峻墓誌》中作"笑"均是佐證。至於右下處最後一個短撇的加入，則是文字學中的贅增筆畫造成的。比如張湧泉在解釋"夭"在漢隸中還出現"夭《漢隸字源》引《李翊夫人碑》"這個字形時就認為："'夭'的頂部一撇使整個字形有向左傾倒之勢，俗書在其右下側加上一撇，全字便協調安穩了。"[16]

在王羲之《十七帖》中，"笑"草書作"𥬇"，《書譜》中亦作"𥬇"，此草法是據"咲"而來？還是據"咲虞世南《孔子廟堂碑》"而來？還需進一步考察。

附："哭"字在賀知章《孝經》中作"𠽸"，其草法下部為何不從"犬"？這是因為漢隸中即有不從"犬"的寫法，如《鮮于璜碑》中作"哭"。隋開皇二年《橋紹墓誌》中作"哭"，也是如此。

14　見台灣教育研究院異體字網站。http://dict2.variants.moe.edu.tw/variants/rbt/word attribute.rbt

15　隋《劉世恭墓誌》，前揭：《隋代墓誌銘彙考》四五九，線裝書局，2007。按：這種寫法在隋唐墓誌中十分常見，是當時的通行寫法。

16　張湧泉：《漢語俗字研究》，商務印書館，2010，第148頁。

"曼"的草法通常作"曼"，如李世民《屏風帖》中"慢""曼"，（日）空海《新撰類林抄》中"蔓"作"曼"，都是遵循一草法標準。但細心觀察會發現，"曼"的下部從"万"，而非"又"。這又是草法據異體俗字而來的例證之一。張湧泉引《一切音義》卷三《大般若經》第三百三十三卷"傲慢"條下云："曼字又，又從萬，訛也。"又引《龍龕手鏡·日部》"曼"或作"曼"，遠也"。張湧泉認為"曼"是當時頗為流行的俗體字。[17]如顏真卿《方朔畫贊》中即作"曼"，因此草法"曼"的形成無疑與此有關。此配合草書偏旁。我們可將漫、幔、縵、鰻、鏝、嫚、熳、饅、僈、墁、摱、蟃、樠等字的草法正確擬出。

"陰"字草法"陰"如果從繁體"陰"或"陰"來理解其生成並不十分明瞭。當看到"陰"的異體字，如隋《翟仲侃暨妻高氏誌》中"陰"時，就會一目瞭然。《偏類碑別字》引《魏鄒縣男唐墓誌》中，亦見"陰"作"陰"。"陰"的右部明顯根據"會"的法"会"而來。趙構《洛神賦》"蔭薈"可作為此字的進一步運用

17　張湧泉：《漢語俗字研究》，商務印書館，2010，第56頁。

12畫、14畫

惠　善　替　犀　雁(鴈)　最(寁)　慚
寡　嘉　貌　實

惠

　　"惠"的草法"直",如果從異體字角度來理解,會非常簡單。《西狹頌》中作"惠",《曹全碑》作"惠",北魏《元纂墓誌》中作"惠",《元彬墓誌》中作"惠",《蘭亭序》中作"惠",可見"惠"這個異體字比今日所用"惠"要簡潔,而這也正能和此字草法形成呼應。如李世民《晉祠銘》中"直",孫過庭《書譜》中"直"。此字作為字根,也可以散發應用,如《書譜》中"蟪直",據此可以擬出惠、蕙、德、憓、轊、鐩、譓、璤、槥、穗、繐等字的草書。

善

　　"善"字的草法如果從異體角度來解析,會非常直觀。《張遷碑》中"善",上部為"羊"下部為"口",結合羊的草書"羊"和"口"的草書符號"乙",就會形成草法"善",王獻之《玄度來遲帖》中,"善"儘管增加連筆,但"羊"與"口"的配合依然清晰可見。

替

　　"替"的草法為"替",這從懷素《小草千字文》中"潛"的草書"潛"和《冠軍帖》中"替"均能看出。《漢隸字源》中,"替"作"朁",可知"替"的異體字為"朁",故而"簪"字草法可作"簪",見空海《新撰類林抄》。

犀

　　“犀”在《説文》中的本意是犀牛，故下部從“牛”，它的草法“羊”，是從王羲之《遲汝帖》中“遲羊”字剝離出來的，是“尸”“羊”的快寫而形成。文字依據來自於異體字“遟”，而非“遲”。羲之《何如帖》中“遲”、《二謝帖》中“遟”到“羊”的演變就一個例證。早在漢碑中，這種寫法已通行，如《禮器碑》中“遟”、魏《牛橛造像》又有“遟”，可見這種異體寫法為當時通行用法。羲之《得示帖》亦作“羊”，藉此理解“犀”的草法可撥去迷障。

雁（鷹）

　　“雁”的草法在懷素《小草千字文》和孫過庭《書譜》中基一致，分別作“雁”和“雁”。仔細觀察會發現，此草法右下部“鳥鳥”的草法省寫，和“雁”字右下“隹”的草法“隹”無法對應所以就草法本身而言，“雁”對應的漢字應該是“鷹智永《真草千文》”。隋開皇二十年《謝成暨李氏墓誌》也可見“雁”的異體“雁”此外，唐《蘇靈芝憫忠寺碑》亦作此寫法“鷹”，可見此異體寫法隋唐時通行用法。由此可見，草法的形成有嚴格文字基礎，如果現在通行的漢字來理解，則極易產生訛誤。

最（寂）

　　“最”的草法作“寂”，見智永《真草千字文》。懷素作品中保持一致，作“寂”。但仔細分析，此字下部為“取”的草法“取”其上部對應寶蓋頭“宀”，無法和“最”上部的“日”對應。隋《藏寺碑》有“寂”字，當為“最”的異體寫法，而這正能和草法“寂”一一對應。至唐代，顏真卿《多寶塔碑》中寫作“最”，可能是日“最”字的來源。

慚

      "**乏**"的本字並非"慚",亦非繁體"慚",而是源於異體字"慙",這應該是屬於漢字的部件挪移形成的[18],比如"炎"可以調整部件為"炋","松"可作"枀","囂"甚至可作"嚻",均屬此例。"慙"字如果將"心"挪移至左上部變為"忄"旁,則可為"慚"。

寡

      《書譜》中"**宜**"下部為"直"的草法,可見它並非對應"寡"這個字形本身。其草法源頭可參考《曹全碑》中"**宜**"、智永《真草千字文》中之"**宜**"、李邕《雲麾將軍碑》中之"**宜**",楷化後應為"**宜**",為"寡"的異體字。孫過庭身處唐代,草法書寫也應據此文字學規律和當時書寫習慣。

嘉

      "嘉"字小篆作"**嘉**",其草法在智永《真草千字文》中作"**嘉**",懷素《小草千字文》作"**嘉**",二者草法本質上一致,但似乎後者更易看清來龍去脈。張湧泉《漢語俗字研究》中云:"'嘉'俗字作'**赤**',屬於漢字構建減省的現象。"北魏《寇演墓誌》中此字亦明確作"**嘉**",據此理解草法的形成可以輕鬆許多。

18　張湧泉云:"上古漢字的字形結構往往比較隨便,上下左右不甚拘泥。"見《漢語俗字研究》,商務印書館,2010,第101頁。

"", 此字為"貌", 但其右部實為"艮"的草法, 如《書譜》中"很"、智永《真草千字文》中"根"。復檢"貌"楷書右為"兒", 其草法應為"", 如空海《新撰類林抄》中之"霓"所以""並非據"貌"本字而來。張湧泉云:"狠、很都曾為'貌'的俗字。"[19] 智永《真草千字文》中, 楷書"貌"的右邊即為"艮"並非"兒", 唐徐浩《李峴墓誌》中"邈"亦作"", 據此可知字草法之來由。

　　""並非據"實"草化而來, 而是據異體字"实"快寫連筆形成。此字在唐代使用廣泛, 現今日文中仍作此寫法。簡化字"实"應是據草書楷化而來, 如黃庭堅《花氣薰人帖》中將連筆斷開, "", 已成簡化字之雛形。智永《真草千字文》中"", 乃源自碑寫法,《漢隸字源》中引《劉熊碑》, 作""[20], 即今"寔"字,乃另一異體。

19　見張湧泉:《漢語俗字研究》, 第 106 頁。另外, 毛遠明先生也持此觀點, 見《漢魏六朝碑刻異體字研究》商務印書館, 2012, 第 610 頁。

20　見台灣教育研究院異體字網站。http://dict2.variants.moe.tw/variants/rbt/word attribute.rbt

德　器　窮　總

"德"草法形成過程較為複雜，但我們也可通過異體字來觀察其內在規律。皇象《急就章》中，作"德"，索靖《月儀帖》作"德"，懷素《小草千字文》作"德"，三者基本保持一致，這是目前最為通行的標準草法之一。這種草法是如何形成的？除了"彳"保留之外，我們很難看出"德"右部草法的形成過程。其實"德"的小篆除了"德"外，還可作"惠"，上部從"直"，下部為"心"。"直"的草法為"直"，"心"的草法多以一橫表示，二者如果組合，可將下部橫畫省去。為了增強識別性，加上"彳"便形成"德"。《偏類碑別字》引《魏敬使君碑》有"德"可與之對應。

智永《真草千字文》與趙孟頫《前後赤壁賦》中，"德"草法偏旁從"氵"，作"德""德"，這極有可能是從王羲之所書行書"德"而來，但仔細辨認，王羲之所書並不從"氵"，這是一種"彳"的特殊寫法還是刊刻所誤，不得而知。

"德"還有另一種草法，如賀知章《孝經》中"德"、祝允明《赤壁賦》中"德"，左部簡化為一豎，而右部有可能是據俗體字"德北魏《侯骨氏墓誌》"而來，因為它保留了"十"和下部"心"的草法構件，中間則可能是"目"被橫置後的簡省書寫。

"⿱" 中間為 "工" 的快寫，而 "器" 中部構件為 "犬"，所以它並非對應 "器" 的字形本身。《六書通》中有篆書作 "器"，《張□碑》中有 "器"《居延漢簡》中有 "⿱" 居 59.34B，隋《裴覬墓□中作 "器"，中部均為 "工"，由此可知孫過庭此字草法之由來。"器" 的上下各有兩個 "口"，草法慣例以兩點表示，如 "單⿰" 王□之《十七帖》、"哭⿰" 賀知章《孝經》二字。如此結合異體字理 "⿱" 的草法就簡單許多。

以《書譜》為例，通篇出現了六個 "窮" 字，其中四個草法統一作 "⿱"，唯獨 "縱未窮於眾術" 和 "窮其根源" 二句中作 "□"[21]，原因何在？通過漢字構形學理論提出的文字構件對比方法，可看出 "⿱" 對應的為 "窮" 字，而 "⿱" 右下角應為 "邑" 的草 "⿰"，該符號的演變過程可從篆書及居延漢簡中窺出："邑《説文□》邑 居 206.20、⿰ 居 90.63、⿰ 居 157.25A。" 這中間，篆書字形□散、省筆、連筆的過程都能看到。在東漢早期的甘肅武威漢墓醫□中，可見 "⿱" 沒有完全草化的雛形 "⿰武 57"，而《康熙大字□中，有 "窮" 的楷書 "窮"[22] 在構形部件上能與之一一對應，此字為 "窮" 的另一種異體寫法。

21　在現在通行的《書譜》釋文中，仍有不少版本將此字釋為 "窺" 者，《書譜》中 "窺" 作 "⿱□部為標準的 "規" 字，二者區別明顯，無需再辯。

22　張力偉等主編：《康熙字典通解》，時代文藝出版社，1997，第 1602 頁。

總

在《書譜》"總其終始，匪無乖互"一句中，"㧾"是作為"總"的草法出現的。孫過庭在書寫此字時，其心中究竟對應哪一個漢字？因為此字在現有諸家釋文中，有"捴""㧾""縂""揔"等不同解釋[23]，但檢索古人作品，我們大抵可以排除。如懷仁《集王聖教序》中"捴"字是對應"揔"；黃庭堅《王史二氏墓誌銘稿卷》中，有行書"揔揔"字，故而在其《草書杜甫寄賀蘭銛詩卷》中，草法便習慣性寫作"揔"，而"總"為"糹"旁，"㧾"的草書符號與之不可能對應。

仔細分析"㧾"的部件構成，左邊為"扌"旁是明確無誤的，而右上部草法和懷素《小草千字文》中"物㧉"的右邊近同，當為"勿"的草書符號。下部一短橫，則是"心"的草書符號，如《書譜》中"想㝵"，王羲之《十七帖》中"悉㣠"、李懷琳《嵇康與山巨源絕交書》中"恕㤠"等字均是明證。據此分析，"㧾"是由"扌""勿""心"三個部件組成的字，合在一起應為"揔"。此字是典型的異體字或稱俗字，已經在漢字演變中被淘汰。但是在隋唐，此字使用較為盛行，如隋代《席淵墓誌》中，"總"即作"揔"[24]，而在唐代的《大秦景教流行中國碑》中有"總玄樞而造化"一句，"總"亦寫作"揔"。孫過庭此字草法的形成，正好也反映了他所處的時代特徵。

23　比如在馬國權：《書譜譯註》第 44、137 頁中，"縂"和"揔"曾分別出現。譚學念：《孫過庭‧書譜》第 51 頁中釋為"揔"。

24　王其褘、周曉薇編著：《隋代墓誌銘彙考》一八一，線裝書局，2007。

19 畫以上

贊　霸　靈

"贊"上部為兩個"先"字，草法"艿"無法與之對應。《偏類別字》中引《魏齊郡王妃常氏墓誌》中"贊"作"賛"，《碑別字編》引《魏比丘尼統慈慶墓誌》中作"賛"，二字上部均能和草法應。皇象《急就章》中，"鑽"作"鑽"孫過庭《書譜》中"讚""讚"，都是此字草法的穩定使用。

"霸"字草法在懷素《小草千字文》中作"霸"，上部"雨"頭和右下"月"均能和各自的草書符號對應。唯獨左下部不能"革"的草書符號"革"對應，這是因為此字草法原本對應的漢是異體字"霸《東魏敬使君碑》"，左下部的部件類似於"丰"。實上，在智永《真草千字文》中，"霸"的左下角也並不從"革如"霸"。

"靈"的草法在晉唐草書作品中似乎並未統一，如智永《真草千字文》中作"🔲"、懷素《小草千字文》中作"🔲"、孫過庭《書譜》中作"🔲"。這三種草法中，除上部的雨字頭的草書符號"🔲"保持一致外，下部的使轉則各有差異。這不僅給學習者帶來了草法記憶上的困難，同時學習者亦會產生困惑：以上諸家草法中，到底誰的草法最準確，最符合文字學和草書藝術本身的規律？回答這個問題，就需要從異體字角度來考察。

　　首先看孫過庭所書"🔲"，按照草法符號和構形比對，它對應的正體應是"🔲"，中間保留了三個"口"的草書符號，李世民《屏風帖》中有"酈"字，草書作"🔲"，左下角亦可見此用法。李世民《晉祠銘》中有"靈🔲"字，同樣循此例。智永《千字文》中作"🔲"，似乎早就省去了三個"口"的草書符號，惟有《偏類碑別字》引《隋嚴元貴墓誌》中"霝（靈）"字，能在構形部件上與之對應。

　　此字在懷素《小草千字文》中作"🔲"，這種草法在唐代最為盛行，如李世民《屏風帖》中"🔲"、歐陽詢《草書千字文》中"🔲"，三者草法保持一致。它們下部對應的是"亞"這個部件，因為歐陽詢《草書千字文》中有"並"字，草法為"🔲"，即是例證。那麼，"🔲"對應的正體就可能是"靈"。

　　在《金石文字辨異》引《唐內侍李輔光墓誌》及《偏類碑別字》所引《唐王君妻梁氏墓誌》《唐太原王府君墓誌銘》中，"靈"均作"𤫊"。這個字最早可能來源於漢隸。《漢隸字源》引《李翊碑》中，作"𤫊"，其草化簡省後會形成會"🔲"，而楷化後則會形成"𤫊"。懷素《自敘帖》中"🔲"號稱大草寫法，但還是依據草法"🔲"快寫連筆而來。隋《袁亮墓誌》中，"靈"作"𤫊"，隋墓誌中多見此寫法。如果照此字作正體寫草書，則會形成"🔲"與"器🔲"的草法組合，雖然在古代法帖中未見此草法，但從學理上是能講通的。

第五章　未完全草化字根（附表）

草法的形成過程中，有一部分漢字並未完全草化，也就是說並不是每個漢字都最終形成了標準的草書符號。現有的草書中，然有大量的漢字至今沒有完全草化。這類字往往也是獨體字，可與其他偏旁或部件組合。從形態上看，它們的草法只是將筆畫加快寫並作了一些連筆的處理而已，在使轉上還未形成具有符號意的草書字根，和行書並無本質不同。在學習草法的過程中，對這字進行歸納並加以釐清，對全面理解草法具有重要意義。

　　以"白"字為例，在孫過庭《書譜》中，其草法作"白"，和書區別不大，屬於未完全草化的字根。但它仍具有強大的散發功能和其他部件組合可以推導出很多漢字的草法。如"百百""伯亻""粕粕""迫迫"等。如果再進一步細分，"的幻""泉泉""皇皇""煌煌""惶惶"等字的草法也和"白"有着密切聯繫。推而廣之結合偏旁符合，我們還可以將泊、舶、箔、柏、鉑、岶、珀、嶓、廹、粨、佰、湘、遑、蝗、篁、凰、湟、隍、徨、偟、媓、鰉等的草法一併擬出。需要說明的是，"白"字有一種草法作"白"[1]，於《草字編》中的明代無名氏作品，後亦見於韓道亨《草訣百歌》。這種寫法因為帶有濃濃的"草意"，自清代以後為書家廣泛用，已成"約定俗成"之勢，但此種草法在晉唐人作品卻未曾出現也無文字學源流可循。更為重要的是，它無法和偏旁結合使用，絕了草書的生發功能，更容易引起草法使用上的混亂，使用時當慎。

　　再舉兩例，"肖肖"也是一個未完全草化的字根，雖然字中有筆，其並未形成成熟的草書符號。但這也不影響其作為草書字根擴散性。如"消消""諸消""逍道""霄霄""宵宵"等字中，這個根依然具有普遍適用性，而銷、綃、硝、俏、峭、悄、帩、睄等的草法無疑也可以據此推演出來。

　　"勺勺"同樣是一個未完全草化的字根，它的固定使用與散發能可從顏真卿《祭姪稿》中"酌酌"、趙構《洛神賦》中"灼灼"及祝允明《牡丹賦》"芍芍"等字中看出。

1　洪鈞陶編，啓功校訂：《草字編》，文物出版社，1983，第2934頁。

需要加以注意的是，這類未完全草化的字根不僅具有擴散性，還有極強穩定性。以"嗜"為例，其右部"老"與"日"均屬於未完全草化字根，所以"嗜"的草法只能是類似於行書的"耆 李懷琳《嵇康與山巨源絕交書》"，而無更為簡省的寫法。再如"鼻"，部件中"自""田"都屬於是未完全草化的字根，故而王鐸《贈鄭公度草書詩卷》中"鼻"已經是草書的簡省形式了，也無法再作進一步的草化處理。

未完全草化字根列表

字根	草書符號	出處	字根	草書符號	出處
乃		孫過庭《書譜》	反		孫過庭《書譜》
子		孫過庭《書譜》	互		孫過庭《書譜》
寸		孫過庭《書譜》	見		孫過庭《書譜》
大		懷素《自敍帖》	木		孫過庭《書譜》
及		孫過庭《書譜》	內		孫過庭《書譜》
久		王羲之《十七帖》	瓦		王鐸《草書詩卷》
勺		懷素《小草千字文》	王		王羲之《姨母帖》
山		孫過庭《書譜》	勿		智永《真草千字文》
夕		王羲之《十七帖》	尹		懷素《小草千字文》
丸		王獻之《鴨頭丸帖》	予		鮮于樞《行草詩贊》
丹		孫過庭《書譜》	車		懷素《小草千字文》
斗		趙孟頫《急就章》	布		懷素《小草千字文》
白		孫過庭《書譜》	由		孫過庭《書譜》

續表

字根	草書符號	出處	字根	草書符號	出處
必		孫過庭《書譜》	未		孫過庭《書譜》
旦		王羲之《十七帖》	主		黃庭堅《廉頗藺相如列傳》
弗		懷素《小草千字文》	古		孫過庭《書譜》
甘		懷素《小草千字文》	圭		王寵《自書詩》
末		孫過庭《書譜》	目		孫過庭《書譜》
母		懷素《小草千字文》	冉		米芾《多景樓帖》
生		《懷仁集聖教序》	申		孫過庭《書譜》
四		懷素《小草千字文》	向		孫過庭《書譜》
光		懷素《小草千字文》	占		皇象《急就章》
老		孫過庭《書譜》	田		懷素《小草千字文》
舌		孫過庭《書譜》	玄		智永《真草千字文》
同		孫過庭《書譜》	用		孫過庭《書譜》
式		孫過庭《書譜》	回		王羲之《旃罽胡桃帖》（敦煌寫本）
昔		懷素《自敘帖》	丞		皇象《急就章》
赤		懷素《小草千字文》	自		懷素《小草千字文》

續表

字根	草書符號	出處	字根	草書符號	出處
免		吳琚《行草壽父帖》	先		王羲之《喪亂帖》
芻		懷素《小草千字文》	旬		孫過庭《書譜》
伐		懷素《小草千字文》	西		王羲之《十七帖》
厓		孫過庭《書譜》	困		懷素《小草千字文》
求		懷素《小草千字文》	面		孫過庭《書譜》
炱		懷素《小草千字文》	甫		懷素《小草千字文》
肖		孫過庭《書譜》			

《書譜》釋文考異

引　言

對於古代經典作品，特別是草書作品的釋文考訂研究，自宋代開始即已形成專門學問。北宋劉次莊於元祐七年（1092）在《法帖釋文》一書的跋中說："取帖中草書世所病讀者，為釋文十卷，並行於時。"[1] 後宋人陳與義又奉詔著《法帖音釋刊誤》，對劉次莊所作釋文進行了"誤者改之，闕者補之"[2] 的完善修訂。至明代嘉靖年間，上海顧從義又在前人基礎上著《法帖釋文考異》十卷，詳加考訂其中草書釋文。

及至清代，有關《淳化閣帖》中草書釋文的研究更是步入了高潮，先後有羅森、朱家標、于敏中、沈宗騫、徐朝弼等人分別於康熙、乾隆、嘉慶年間撰寫過有關閣帖釋文研究的專著[3]，王澍、包世臣等人亦有相關研究成果[4]。

1 劉次莊：《法帖釋文》跋，《景印文淵閣四庫全書》，台灣商務印書館，1983，第 681 冊，第 424 頁。

2 陳與義：《法帖音釋刊誤》序，《景印文淵閣四庫全書》第 812 冊，第 416 頁。

3 比如羅森：《淳化帖釋文》、朱家標：《淳化閣帖釋文》、于敏中等：《欽定淳化閣帖釋文》、沈宗騫：《淳化閣帖釋文》、徐朝弼：《淳化閣帖釋文》、官文鑒：《淳化閣帖釋文》等。

4 有關清人刻帖著述的更詳細討論，可參見宗成振：《刻帖著述研究》，首都師範大學 2007 年博士學位論文，第 22—30 頁。

對同樣一部法帖的釋文，歷代學者投入了極大精力，但結果然有眾多的差異，遂產生"你方唱罷我登場"之局面，不得不說是草書釋讀之難與草書理解的差異化結果，同時這也是草書魅力所在。而刻帖如果歲月既久，斑駁皺裂，加上良工拙手，摹拓不一，欲以一家之言成定論，實有難度。故南宋曾槃在《絳帖釋文跋》云：

大抵古帖多非全文，歲月既深，傳摹不一，其語意之斷續，畫之訛舛，欲盡通貫，難矣！[5]

啟功亦云："釋《閣帖》者，如施氏、劉氏、顧氏，互有短長，王澍《閣帖》考證，素稱允當，以今觀之，仍不免穿鑿與固執……草書一體，前賢考釋雖多，終有待於整理也。"[6]

20 世紀 80 年代，學界對陸機《平復帖》的作者及釋文問題曾有過激烈討論[7]，此次討論很大程度是建立在啟功釋文的基礎上展的。時至今日，對《平復帖》釋文的討論，仍有學者孜孜其中[8]。由可見草書經典作品釋文的重要性和受關注程度。

一　補釋

四十年前，啟功曾在《孫過庭〈書譜〉考》一文中，重新考了二十餘處釋文[9]，自云："《書譜》釋文，各家大致相同，唯有廿餘互有歧異，茲略論之。不詳舉某家釋作某字，以省篇幅。"此文作1964 年，但五十年來，學界對《書譜》關注熱度不減，有關書譜釋之類的書層出不窮，[10] 但對啟功之考訂結果卻關注甚少，亦鮮有納吸收者。今擇其中數字，作補釋如下。

1. 乏

5　曾棗莊、劉琳主編：《全宋文》卷五八○○，上海辭書出版社、安徽教育出版社，2006，第 258 冊第134 頁。

6　啟功：《晉人草書研究》一文，《啟功叢稿》藝論卷，中華書局 2004 版，第 1—7 頁。

7　相關討論具體過程參見寧靜：《〈平復帖〉論辯綜述》，《寧夏大學學報》（人文社會科學版）2009第 5 期，第 149 頁。

8　易術平：《〈平復帖〉釋文考辨》，《創作與評論》2013 年第 24 期。

9　啟功：《孫過庭〈書譜〉考》，《當代中國書法論文選·書史卷》，榮寶齋出版社，2010。按：此文早作於 1964 年。

10　就目前的成果而言，有關《書譜》的研究多集中在釋註和美學層面的探討上。

啓功云："'私為不忝'之'忝'字，各家多釋為'惡'，按墨跡第二筆緊頂橫畫中間，實為'天'字，加'心'為'忝'。"[11] 從圖像上分析，此字的上部為"天"之草法""，下部則為"心"之草法""，如《書譜》中"慕"之草法""亦如此，故此字確應為"忝"，從其篆書""的部件組合也能一眼看出。索靖《月儀帖》中有"昔忝同門"之句，其中"忝"草書作""，即為明證。另外，祝允明《歸田賦》中"吞"字草法為""，篆書作""，可備為佐證。此亦可看出草書字根互相搭配之規律以及草法在篆書系統下的穩定傳承[12]。但幾十年來，這個正確釋讀並未被學界廣泛採用，學者多數還是釋為"惡"字[13]，其主要原因有二，一是"惡"字草法複雜多變。如智永《真草千字文》中"惡"作""，賀知章《孝經》中為""，李懷琳《嵇康與山巨源絕交書》中作""，各不相同，其原因應和"惡"在文字發展過程中的複雜化有關。張湧泉云："惡、惡、惡均為通用的俗字。"[14]另外"惡"字在敦煌文獻中還有近二十種不同寫法[15]，這都是造成"惡"字草法面目多樣，難以統一的原因。

第二個原因，則是"私為不惡"的釋文，初讀起來貌似合理，遂有先入為主之感，而對"私為不忝"則易產生理解上的隔膜。《書譜》原文為："後羲之往都，臨行題壁。子敬密拭除之，輒書易其處，私為不惡。羲之還，見乃嘆曰：'吾去時真大醉也！'敬乃內慚。"通行的解釋是：王獻之偷偷將羲之的題字擦去改寫，並自以為寫得很不錯[16]。但是"私為不忝"之語則更符合晉人語境，"不忝"在

---

11 啓功：《孫過庭〈書譜〉考》，第 495 頁。

12 有關草法的草書字根與草書偏旁之文字學屬性闡述，詳見拙作《文字學視角下的草法研究》，《南京藝術學院學報》（美術與設計版），2014 年第 3 期，第 62—64 頁。

13 僅以學界有影響的《歷代書法論文選》及朱建新《孫過庭書譜箋證》、馬國權《書譜譯註》為例，此類書多次再版印刷，但均沿用"惡"字釋文。有些研究者意識到了這個問題，但經過分析揣摩之後最終還是選擇了"惡"作為釋文。如趙雲起在《孫過庭〈書譜〉釋文初探》一文中對不同版本的釋文進行了統計，最後是以少數服從多數的原則確定了"惡"為正確釋文。（見《書法研究》1984 年第 4 期，第 78 頁。）譚學念在其註評的《孫過庭·書譜》（江蘇美術出版社，2008，第 61 頁）也作了專題討論，但最終認定此字是孫過庭書寫中的失誤導致而成。值得註意的是，在國內外眾多《書譜》研究成果中，馬亦釗《書譜釋文札記》（《書法研究》1995 年第 5 期，第 114 頁）肯定了啓功的論斷。

14 張湧泉：《漢語俗字研究》，商務印書館，2010，第 75 頁。

15 黃徵：《敦煌俗字典》，上海教育出版社，2005，第 100—102 頁。

16 此段解釋見馬國權：《書譜譯註》，紫禁城出版社，2011，第 50 頁。

這裏可當"不遜於、不愧於"講[17]。三國魏時期，鍾會的母親曾對說："汝居心正，吾知免矣！但當修所志，以輔益時化，不忝先耳。"[18] 南朝宋文帝曾盛讚中郎朱修之，謂其"不忝爾祖"：

朱修之字恭祖，義興平氏人也。曾祖熹，晉平西將軍。祖序，州刺史。父諶，益州刺史。修之自州主簿遷司徒從事中郎，文帝謂曰卿曾祖昔為王導丞相中郎，卿今又為王弘中郎，可謂不忝爾祖矣！[19]

以上二例可佐證魏晉時"不忝"為常見用法。由此可見，《譜》中""字，當釋為"忝"，這不僅有草書圖像上的理性分析相關歷史文獻亦提供了有力支撐。

2.

啟功云："'終爽絕倫之妙'之'爽'字，或作'奏'，非。人引文及錄文各本俱作'爽'。疑是'喪'字。姑拈於此，以待考。"[20]

要弄清這個字的準確釋文，我們必須先來理清"爽"字草由來。索靖《月儀帖》中有"精爽馳想"之句，其中"爽"草法""，其出處應來自於漢隸寫法，如顧藹吉《隸辨》中引《漢孔碑》："爽"字作"爽"。由於此字特殊的字形和結構，草化過程進得並不徹底，這種例字常有，比如鼻子的"鼻"，除了可以將書寫度加快外，幾乎無法作草書符號化處理。李世民《晉祠銘》為行夾雜的作品，其中"爽"寫作""，估計也是無法擬出更簡約的法。

仔細分析，""和"爽"的聯繫幾乎可以排除，因為實在找出二字之間的共同之處。《大觀帖》卷八有王羲之《二謝在此帖》"知喪後問，令人怛怛"之句，"喪"書作""，從草法筆勢上看孫過庭草法與之十分相符。只是孫氏在快寫的過程中，連筆動作字形處理略呈縱勢，某些該停頓轉折處並未完全送筆到位，收筆又作向下縈帶，故而會引起釋讀上的阻礙。唐太宗李世民的《屏帖》中有"魏明帝喪未娉女，追諡平原懿公主"一句，其中"喪

17 項楚：《敦煌變文選註》，中華書局 2006 版，第 319 頁上。

18 鍾會《成侯命婦傳》，佚名輯《三國志文類》卷六十，《景印文淵閣四庫全書》第 1361 冊，第 778 頁

19 （梁）沈約撰：《宋書》卷七十六，《列傳第三十六·朱修之》，崇禎七年（1634）汲古閣刻本，第 1

20 啟功：《孫過庭〈書譜〉考》，第 495 頁。

之草法作"（图）"，孫氏之草法則完全與之合。由此可證，《書譜》中"（图）"，也應為"喪"字。

但在目前通行的各種書譜釋文版本中，此字依然被釋為"爽"，因為"爽"有"違背、差錯、失去"之意。"終爽絕倫之妙"與"終喪絕倫之妙"雖一字之差，僅憑語意推導雖也能勉強講通。但在孫過庭的作品面前，我們更應尊重作品原跡。從具體圖像並結合文意來看，啓功的判斷應該是正確的。

3. （图）

啓功云："'互相陶染'之'染'字，或釋'淬鍛'之'淬'。"[21]今查《書譜》中，共出現"染"字兩次，一為"互相陶染"之"（图）"，一為"輕瑣者染於俗吏"之"（图）"。在目前通行的釋文當中，也有釋作"互相陶淬"和"輕瑣者淬於俗吏"者，諸家各不相同，此不一一列舉。

我們首先必須確定，草書作為一種字體，它必然有着天然的文字學屬性。不管是篆書、隸書亦或草書，它們和正書（楷體）之間都有着對應關係。"（图）"對應的楷書到底是哪個字，是必須首先弄清楚的。在這裏，我們還是先要引入草書字根和草書偏旁概念。以"卒"為例，假設它的草書字根為"（图）"，加上草書偏旁，應該就可以衍生更多的草字。事實上，《書譜》中"萃（图）"、"醉（图）"、"翠（图）"、"焠（图）"等字就是最好的證明。那麼，加上"氵"旁，"（图）"對應的應該就是"淬"字無疑了。

但我們又不能忽視漢字在演化過程中的複雜性，在文字學研究領域，已有研究認為淬、染是字形相混、音義相同的俗體字[22]。我們再從書法圖像本身來探討這個問題，"染"裏首先有簡化字"杂"的部件，如趙構《真草養生論》中"（图）"，而"杂"的繁體有"襍""雜"兩種寫法，其字義相同，草書均可作"（图）"（見《書譜》），這幾個部件之間出現了字形近似且可替代互用的同化情況。那麼，"（图）"就有可能是"染"字的替代草書。重新回到文字學層面的字源學角度來看，"淬"和"染"也是同一個同源字，二者可通

21 啓功：《孫過庭〈書譜〉考》，第495頁。

22 梁春勝：《楷書部件演變研究》，復旦大學2009年漢語言文字專業博士論文，第79頁。

用。查《廣韻》："淬，染也，犯也。"[23] 再從"淬"的小篆字形"[ ]"來看，從水從衣，衣下加一筆畫以示標識，按照許慎的解釋："隸給事者衣為卒，卒衣有題識者。"所謂題識，我們可以理解為寫字作圖案，染色當然也是重要的標識之一。而《説文》對"染"的釋正是："以繒染為色。"故而"染"和"淬"二字在字源學的意上是相通的，草法兼通也是有所依據的。

不過，在涉及《書譜》中具體釋文時，"[ ]"還是應當釋"淬"較為合適，而在文字解釋或註疏中，當"染"講則無可厚非

二 考異

目前通行的《書譜》釋文中，還有不少釋文雖然無損於文意理解，但如果從體會古人用字精準角度而言以及草法的準確性來看這些釋文明顯不利於《書譜》作為草法範本的學習和理解，亟待正。

1. "溺思豪氂"，大多數被譯為"溺思毫釐"，簡寫後遂變成"思毫厘"，這樣理解起來雖然沒有問題，但對學習者來說則極不於草法的學習掌握。從圖版來看，"[ ]"釋為"豪"是沒有問題但"毫"的草法應作"[ ]"（見陸居仁《苕之水詩卷》），二者是不混用的。而"[ ]"字下部明顯和"氂"字草法對應，和"釐"下的"釐"則無法對應，王鐸《草書詩卷》中"釐"的草法"[ ]"可輔證。故從釋文與草書圖像的對應角度講，"溺思毫釐"應當糾正"溺思豪氂"精準。

2. "窮微測妙之夫，得推移之奧賾"中，"[ ]"在諸家釋文中一例外都被釋為雙人旁的"微"。但從草法嚴謹性角度而言，孫庭完全沒有理由將雙人旁訛寫為三點水。再比如索靖《月儀帖》"微"即寫作"[ ]"，草法毫無一絲含糊，另外皇象《急就章》中如是。所以"潵""微"還是應該嚴格區分的。"潵"謂雨之小，者都有微小之意，在語意上似可通，但從釋文角度，還是應作區別以免混淆草法。

23 《宋本廣韻》卷四，江蘇教育出版社，2002，第112頁。

3. "至有未悟淹留，諞（音 pián）追勁疾"中，"諞"在諸家釋文中均為"偏"，但檢索《書譜》"好溺偏固""骨力偏多""偏玩所乖""偏工易就"等句中"偏"字，其草法無一不作單人旁寫法，如"偏"，孫過庭從未省略起筆的一撇。而"諞"左側當為"言"旁草法，《書譜》中多見，如"誠誠""謬謬"等字，故此字應釋為"諞"，有誇耀、花哨之意，從語境上分析，明顯比"偏"更合適，由此可見古人用字之精。

4. "向使奇音在癟（音 wěi），庸聽驚其妙響"，"癟"在諸家釋文中無一例外均作"爨（音 cuàn）"。譯註者多引用《後漢書·蔡邕傳》中"吳人燒桐以爨"的典故，來解釋此句。但仔細對照局部構件，就會發現此釋文有諸多疑處。仔細將"癟"字放大觀察，會發現此草書上部為"宀"字頭，下方則為"興興"字草書之上部，中間是"冖"，而最下部當為"卩"的快速書寫。綜合起來，只有"癟"字最能對應草書圖像。癟、爨二字從字源學角度來看，有相似之處，但二者是否能通用，還不得而知。推究它們的本義，應該都和先民們炊煮活動有關。

該文入選第十屆全國書學討論會

王羲之《十七帖》釋文考異

　　唐朝張彥遠《法書要錄》卷十《右軍書記》錄有王羲之尺
四百餘通，首列《十七帖》，以卷首有"十七日"三字而名之。該
傳世刻本有多種，其中最著名的是唐摹館本，後有大字行書"敕
下有楷書"付直弘文館解無畏勒充館本，臣褚遂良校無失"，末
"僧權"二字。現在所傳刻本，最早為北宋拓本[1]。以上是《十七帖
的基本情況，但本文無意在刻本流傳等問題上作深究。祁小春編
的《王羲之〈十七帖〉彙考》（以下簡稱《彙考》）[2]一書已對該帖國
外研究的情況作了全面的整理。本文所要探討的是《十七帖》釋文
中至今有許多令人疑竇叢生或讀來拗口的地方，是否可以嘗試運
新方法、新視角來解決。

　　從目前國內的研究情況來看，涉及該帖釋文相關問題的文章
要有王玉池《王羲之〈十七帖〉譯註》、阿濤《十七帖作品考釋
應成一《〈十七帖〉文義釋》等，這些學者的研究中基本也綜合了
人張彥遠，清人王弘撰、王澍、包世臣等人已有的研究成果。由
學者的研究彼此也有諸多抵牾與矛盾，從釋文考釋的角度來看，
文必須選擇目前學界最為通行的釋文底本，方具有研究的比較性
而祁小春的《彙考》一書不僅綜合了古今學者的研究成果，同時

1　阿濤：《十七帖作品考釋》，劉正成《中國書法全集》，榮寶齋出版社，1991，第 19 冊，第 371 頁

2　祁小春：《王羲之〈十七帖〉彙考》，上海書畫出版社，2011。

日本學界的研究也熔於一爐，故在釋文底本上，本文主要依據《彙考》一書所提供的線索。

一，《都邑帖》，又稱《旦夕帖》，《彙考》中釋文作："旦夕都邑動靜清和。想足下使還一一，時州將桓公告，慰情。企足下數使命也。"古今學者對此段釋文存有異議的是"使還"下兩個草書符號。張彥遠《右軍書記》釋為"一一"，包世臣《十七帖疏證》和王弘撰《十七帖述》釋為"具"，此兩種釋文後世學者均有採納，未有共識。仔細觀照如此簡單的兩個字符："■"，從字形上看，似為一省寫符號，基本看不出和"一一"二字有書寫上的對應聯繫。柳公權《聖慈帖》（見《淳化閣帖》）中有"不一一"三字寫作"■"，方是符合草書規律且令人信服的。《都邑帖》現有釋文為："一一"，在解讀時總令人有言不盡意之感。而如果釋為"具"，首先是字形差異太大，《十七帖》曾出現多個"具"，草法均作"■"的形態。其次，如釋為"具"，按照中田勇次郎的考釋，句讀則變為："想足下使還，具時州將桓公告"[3]此釋文雖為多數學者接受，但解讀起來稍顯晦澀。如此看來，以上兩種釋文都有重新考量的必要。

《十七帖》之《譙周帖》中有"令人依依"之句，其中"依依"寫作"■"，下部使用一個簡單的重文省略符號。那麼《都邑帖》中的"■"是否也可作為重文符號來解讀呢？從學理上來說，這是有先例的，在敦煌草書文獻釋讀中，重文符號常見使用。鄧文寬在《敦煌吐魯番文獻重文符號釋讀舉隅》一文中說："重文符號是古人在書寫文字時，為節省時間對相鄰或相近出現的文字或句子使用的一種代號。可以分為單字重文、雙字重文、三字重文乃至整句重文。"[4] 所謂雙字重文，即原型作"ABAB"，書寫者為節省時間，寫成了"A：B："型，也有寫成"AB：："型，但今天釋讀時，必須還原為"ABAB"型。如孫過庭《書譜》中，有"後乃通會，通會之際，人書俱老"之句，草法作"■"，即屬於"A：B："型重文用法；而宋代蔡襄《腳氣帖》中有"慚惕、慚惕"四字，草法作"■"，則應為"AB：："型。

3　祁小春：《王羲之〈十七帖〉彙考》，上海書畫出版社，2011，第 84 頁。

4　鄧文寬：《敦煌吐魯番文獻重文符號釋讀舉隅》，《文獻》，1994 年第 1 期，第 160 頁。有關此方面研究，還可參見張湧泉《敦煌寫本省代號研究》，《敦煌研究》2011 年第 1 期以及毛遠明著《漢魏六朝碑刻異體字研究》中《重字替代符號》一節，商務印書館，2012，第 188 頁。

在以往的草書作品釋讀上，我們只注意到了單字重文符號，忽略了雙字重文符號乃至三字重文符號的使用。我們不妨把"■"視為雙字重文符號，將《都邑帖》釋文重新調整為"旦夕都邑，靜清和。想足下使還，使還時，州將桓公告慰，情企足下數使也。"這樣不僅句意更加通順，也解決了草書作品圖像與釋文的對問題。那麼，這種重文符號的使用在王羲之的其他作品中是不是有普遍意義？在傳世的王羲之名下的《乾嘔帖》（又名《如常帖中，也出現了類似的重文符號，按照通行的《乾嘔帖》釋文："足各如常。昨還殊頓。胸中淡悶，乾嘔轉劇，食不可強，疾高難下乃甚憂之。力不具。王羲之。"[5]而按照草書重文符號的理論，此可以結合前面的"力不"二字，釋為"力不力不"。"不"通"否《十七帖》中多有此用法，如《鹽井帖》中有"彼鹽井、火井皆不？足下目見不？"以及《漢時帖》中"彼有能畫者不？"等，證甚夥。這種"力不力不"句式譯成現代漢語相當於"無力啊力"，往往指作者慨嘆身體虛弱，無力多敍。其書信末尾凡涉及此的，往往前面都有描寫自己疼痛病患、身體狀況越來越差的內容。

事實上，這種在信的末尾使用重文以加強語氣的習慣是王羲的一個常態，張彥遠《右軍書記》中所載多有此類，如"長風書安，今知殷侯不久留之，甚善，甚善。""道祖滯下，乃危篤，憂恒憂恒。""君大小佳不？至此乃知熙往，覺少不得同，萬恨，萬恨！相信以上法帖如果能有幸傳世的話，其末尾處必然還會出現相同草書重文符號。

二，《成都城池帖》，又稱《成都帖》《往在都帖》。《彙考》所通行釋文為："往在都，見諸葛顯，曾具問蜀中事。云成都城池門樓觀，皆是秦時司馬錯所修，令人遠想慨然。為爾不？信乙乙。為欲廣異聞。"[7]這是王羲之寄益州刺史周撫一札，信中云及欲打聽都城池變遷的情況。我們必須注意到，此札中，在"不信"二字方又出現了前述的重文符號"■"，如此，此處當釋為"不信不信

5　此帖現藏《天津博物院》，此釋文為劉光啟釋讀。

6　以上引文分見唐張彥遠撰、劉石校點《法書要錄》卷十《右軍書記》，《新世紀萬有文庫》，瀋陽寧教育出版社，1998 年，第 165、167 頁。

7　祁小春：《王羲之〈十七帖〉彙考》，上海書畫出版社，2011，第 121 頁。

符合王羲之信札用語習慣。據此，此釋文可以調整為："往在都，見諸葛顯，曾具問蜀中事。云成都城池門屋樓觀，皆是秦時司馬錯所修為爾，令人遠想慨然！不信、不信。示，為欲廣異聞。"和原釋文中"為爾不？信乙乙"之艱深晦澀相較，此釋文讀來清晰許多。"秦時司馬錯所修為爾"之句式既要符合古漢語使用規範，又要與王羲之書札習慣統一，方能根本解決問題。朱紹永在《談"然、爾、焉"等字的詞尾用法》一文中，認為"爾"在句末，多用在形容詞或動詞之後，與這個形容詞或動詞構成一個形容詞，作描述性狀語，在詞尾強化狀語的情態。[8]那麼"所修為爾"的句式是成立的。當然，相同的句式用法也出現在王羲之《十七帖》之《清晏帖》中："故是名處，且山川形勢乃爾，何以不遊目。"

　　三，《清晏帖》，又稱《清晏歲豐帖》，此帖釋文歷來眾說不一，《彙考》暫依福原啟郎之說，釋為："知彼清晏歲豐，又所出（有）無乏，故是名處。且山川形勢乃爾，何可以不遊目？"此釋最大的問題是認為"有"字右側可能有抹除符號，故當刪去。而諸家釋文爭論的焦點亦在此，如王弘撰《十七帖述》作："又所出有無一鄉"，王澍《淳化秘閣法帖考證》認為當作從"又所出有，無一乏"[9]，中田勇次郎認為王澍釋文略勝一籌，但此說並未為定論。下面，本文作者將從草法自身角度來探討釋文的真正面目。

　　"無"字草書在《十七帖》共出現了七次，分見於《逸民帖》、《積雪凝寒帖》、《瞻近帖》、《諸從帖》、《旃罽帖》中。另外有兩次與下字有連筆現象，分別在《旦夕帖》和《清晏帖》中。細細比較不難發現，後者的"無""乏"之間多了一個使轉，這個使轉雖不起眼，很容易被當做下字的起筆。其實，我們再檢查一遍《十七帖》中出現過的八個"一"字就會發現，收筆向左下引帶是王羲之的一個重要特徵，如《兒女帖》中"（七兒）一女"就寫作""，二字頗有融為一體之勢。所以"無""乏"之間應該是"一"字。解決了這個疑問，下面的"乏"字也就清晰可辨了。因為在王羲之《追尋傷悼帖》中，"乏"字草法即作""（見《淳化閣帖》）。這樣再回頭復檢此句的釋文，就會發現王澍提出的"所出

8　朱紹永《談"然、爾、焉"等字的詞尾用法》，《語文知識》，1998 年第 2 期，第 21 頁。

9　祁小春：《王羲之〈十七帖〉彙考》，上海書畫出版社，2011，第 146、147 頁。

有，無一乏"的釋文不僅符合文意，也能和草書圖像一一對應。

四，《虞安吉帖》，別稱《虞安帖》，《彙考》綜合各家釋文均差異，釋為："虞安吉者，昔與共事，常念之。今為殿中將軍。過云：與足下中表，不以年老，甚欲與足下為下寮。意其資可得郡，足下可思致之耶？"歷來學者皆認為這是王羲之向周撫推薦安吉的信。但細讀此信釋文，總令人有諸多疑問。其一，信中云安吉"今為殿中將軍"，《宋書》載："殿中將軍、殿中司馬督，晉帝時，殿內宿衛，號曰三部司馬，置此二官，分隸左右二衛。朝宴饗，則將軍戎服，直侍左右，夜開城諸門，則執白虎幡監之。"[10]據張金龍的研究，他認為"南朝禁衛武官制度，主要是對東晉制的繼承"[11]可見東晉時的殿中將軍，是皇上較為親近的禁衛武官。《虞安吉帖》釋文中看，虞安吉此時正處於事業上升期，身處朝廷按照常理不會一心想着退隱，托人向西蜀周撫求得手下小郡官職其二，依原釋文，虞安期自云與周撫為"中表"關係。袁庭棟《人稱謂》中云：在有關諸表的稱謂中，古人將父親的姊妹（即姑母之子女為"外表"，母親的兄弟姊妹（即舅父與姨母）之子女為"表"，外為表，內為中，故漢代以來統稱"中表"。[12]魏晉南北朝時期重門第，講世系，故中表親極受重視。沒有理由周撫不認識這個為殿中將軍的表兄弟，換句話說，即使是虞安吉本人真的欲離開中去往蜀地，憑他們中表親的關係，也無需請王羲之來從中撮合紹。所以，在中表和虞安吉之間必有矛盾之處。

回到該帖作品本身，筆者仔細校對文字和草法，發現有一個的釋讀令人生疑，即"前過云：與足下中表"中的"云"字，草作""。仔細檢索《十七帖》，"云"字共出現過六處，分別是《近帖》中""、《胡母帖》中""、《諸從帖》中""、《成都池帖》中""、《胡桃帖》中""以及《譙周帖》中""，這"云"字的草法均有共同的特點，即起筆點畫與第二筆絕不相連，筆點畫亦頓筆下按，交代乾脆。在傳世摹本王羲之《長風帖》此字草法亦按如此規律，作""，由此可見，將《虞安吉帖》中

10　（梁）沈約：《宋書》志第三十《百官下》，中華書局，1974 年，第 1249—1250 頁。

11　張金龍：《南朝禁衛武官組織系統考》，《史學月刊》2005 年第 1 期，第 21 頁。

12　袁庭棟：《古人稱謂》，山東畫報出版社，2007，第 138 頁。

"▪"釋作"云",是不符合王羲之的草法書寫習慣的。那麼,如果不釋為"云",此字又當作何解呢?王羲之《喪亂帖》中有"臨紙感哽,不知何言"之句,其中"知"草法作"⌇",摹本《孔侍中帖》中,"知"字草法作"⌇",都和"▪"草法近同,三者均是"知"的標準草法"▪"快寫連筆造成,原字上部豎畫出頭不明顯,在刻帖或摹寫中又逐漸失真,故而造成了誤讀。有據於此,我們可以將原釋文中"云"字替換為"知",即可嘗試重新句讀,整理釋文為:"虞安吉者,昔與共事,常念之。今為殿中將軍。前過,知與足下。中表不以年老,甚欲與足下為下寮。意其資,可得小郡,足下可思致之耶?"王羲之在信中告訴周撫,虞安吉與其關係不錯,數日前二人方見面,並將這一信息告知周撫。而信中所云"中表",非虞安吉也,乃另有其人,此人應是另一位比王羲之年長的表兄,利用王羲之與周撫的關係,欲為其在蜀地謀得一職而已。

該文發表於《中國書畫》2014年第8期

樓蘭簡紙釋文考異

　　侯燦、楊代欣編《樓蘭漢文簡紙文書集成》一書中收錄了大量樓蘭地區出土的簡紙文書[1]，是研究古代敦煌周邊地區歷史文化的重要文獻，其中某些簡書同時還具備了較高的書法藝術研究價值。該編者在前人研究的基礎上對這批簡書釋文作了重新整理，並提出不少新觀點。但正如編者在該書《研究綜述》中所言，"因為文字殘缺、字跡漫漶、或書寫潦草字形變異等原因，造成釋讀和考釋見仁見智"[2]，而縱觀本書的釋文，特別是一些草書簡牘的釋文，依然有供深入的空間和值得商榷之處。

　　比如：編號 L.A.11.ii—孔木 13 的一枚木簡（見附圖 1），該簡草書體，草法嫻熟，藝術水準較高。全簡共計 9 字，編者綜合了比錫大學教授奧古斯特・孔拉德、林梅村以及孟凡人三家的釋文結合自己的觀點，將釋文定為："恐能避？隨頓首遠營"。其中第一字未能釋出。就全句文意來講，此釋文略顯支離晦澀，亦無法作合理的解讀。而結合木簡的草書圖像來觀察，該釋文還有不少值得商榷的地方。

　　筆者通過草法的內在規律分析，結合異體字和文字學知識，將該簡釋文暫訂為"血能避猥隨，擊酋遠營"九字，理由如下：

1　侯燦、楊代欣編《樓蘭漢文簡紙文書集成》，成都天地出版社，1999。

2　侯燦、楊代欣編《樓蘭漢文簡紙文書集成》，第 26 頁。

　　從草法的內在穩定性來看，此簡屬於嫻熟的早期今草風格，寫手諳熟草法，下筆準確而肯定，流傳的王羲之、懷素、孫過庭草法標準均與其保持一致，如 "避" 字 "🖋"，在賀知章《孝經》中寫作 "🖋"，孫過庭《書譜》中 "璧" 字寫作 "🖋"，其上部草法也是一脈相承。簡中 "隨" 字草法亦是如此，孫過庭《書譜》作 "🖋"。本文正是利用草法的這種穩定性來對此簡（L.A.11.ii—孔木 13）的釋文來補訂的嘗試。在方法上，本文還使用一種類似於 "隸定" 原理的方法，和 "隸定" 不同的是，隸定是將古文字轉寫為隸書等今文字，核心是 "以隸書寫古體"[3]，而本文卻是將今文字草書或草書部件還原為篆書，即 "以篆書定草書"，為草書作 "草定" 或曰 "篆草定"，最終為草書釋文的合理性與準確性作支撐。這是一種新的嘗試，也是本文研究的主要方法。

　　此簡中第一字為 "🖋"，原諸家釋文均作 "恐"。因為這個字形和傳世的王羲之、賀知章、懷素的作品中的草法非常相似，如 "🖋" 王羲之《十七帖》、"🖋" 賀知章《孝經》、"🖋" 懷素《小草千字文》等，我們可以看到 "恐" 的草法在王羲之、賀知章、懷素等人的使用中非常穩定。"恐" 字金文為 "🖋"，小篆又作 "🖋"，上部均從 "工"，故而敦煌俗字作 "🖋"；"恐" 下部從 "心"，草法中多作一橫表示，如王羲之《十七帖》中 "悲🖋"、"悉🖋" 等字，結合以上兩點可知 "恐" 字草法之由來。但仔細觀察此簡中 "🖋" 的草法，其最下部雖然為一橫畫，但其使轉用筆和 "恐" 的草法卻是有明顯區別的，特別在第二個使轉的起筆處。這種區別並不是快寫或連筆的混淆，而是刻意的停頓與重新起筆。前面已經提到，此簡作者的草書造詣很深，不太會在該簡起首第一字就產生低級錯誤。所以只有一種可能，即我們的釋讀發生了偏差。那麼這個字到底如何釋讀？

　　仔細觀察 "🖋" 的下部，和 "皿" 字的草法非常接近，如王羲之《十七帖》中 "🖋"，在《書譜》中，"盡🖋" 的下部使轉和 "🖋" 的下部也是一致的。而它的上部為一短橫與一短撇的引筆連帶，所以這個字極有可能與 "🖋"[4] 字對應，此為 "血" 的異體字。

3　參見趙愛學《前 "古文字學" 時期隸定史述略》，《廊坊師範學院學報》2011 年第 3 期。

4　（隋）《田保洛暨妻王氏墓誌》，見王其禕、周曉薇編著：《隋代墓誌銘彙考》，線裝書局，2007。

該簡中"貖"字一直沒有被釋讀出來。這個字在現有的草書品中也沒有現成草法可供參照，但左邊為反犬旁的草法是可以肯的。對這個字的釋讀我們先採用了"排除法"，然後對草書部件進"草定"，總結述之如下：

　　仔細對照草書圖像，"貖"右邊的草法部件很像草書"門""者"結合，即"⼘"懷素《小草千字文》和"⻊"王羲之《十帖》，這兩個部件結合而成應為"闍（音 shé）"字，法藏敦煌寫《法華經玄贊》卷第一中有此字，作⻊。此字有兩個含義，一為城之高台，另指梵語"阿闍梨"的省稱。意謂"高僧"。但反犬旁"闍"這個字即使在《康熙字典》中亦未見，聯繫上下文，其字義和本簡內容無關，故"闍"可以先行排除。"貖"右邊的字形雖然"畏"的草法，如懷素《小草千字文》中作"⻊"，賀知章《孝經》作"⻊"，二字草法未見統一，但也可排除。再審視"貖"右下部其草法和王羲之《十七帖》中"衣⻊"以及賀知章《孝經》"哀⻊"的三筆的草法使轉一致，綜合畏、衣、哀三字考慮，基本可以將"貖"為"猥"，居延漢簡甲乙編中有此字的行書，作"⻊"居 238.23[5]，字小篆作"⻊"，《説文》云："犬吠聲，從犬畏聲"。

　　該簡九字當中，"⻊"釋讀的難度比較大。《樓蘭漢文簡紙文集成》中諸家分釋作"頓"或"擊"，未有統一。事實上，"頓"草書通常作"⻊"，見王羲之《喪亂帖》。從字形上看，二者差距遠，不足信。而釋作"擊"，從簡化字角度來說也許講得通，但"擊"的本字以及小篆"⻊"來看，我們並不能完全斷定，除非在時的俗字或民間寫法中能舉出例子，即"擊"字在當時已簡化並和"擊"通用[6]。另外，單單從字形上看，"⻊"也有可能是"未""末"的快寫。但筆者還是傾向於釋作"擊"，一是因為連貫起來釋文可以講得通，二是從現有簡化字來看，有不少簡化字的字形是來自草書，比如"禮"字，在南北朝寫本《妙法蓮華經疏釋》就已寫作"⻊"[7]，只是從目前來説，我們還未找到"擊"的古代簡

5　見陸錫興編著《漢代簡牘草字編》，上海，上海書畫出版社，1989，第 196 頁。

6　張書岩在《簡化字溯源》中認為"古"是現代群眾創造的簡化字，筆者認為其論斷有待商榷。如該認為"宁"同樣是現代群眾創造，但從"寧"的草書"⻊"（索靖《月儀帖》）來看，其草書字形似是此字簡化的主要來源。見張書岩等編著《簡化字溯源》，語文出版社，1997，第 103 頁。

7　見《上海圖書館藏敦煌吐魯番文獻》，第四冊，圖 183（827457）A（23—15）。

草法。

"![首字草書]"這個字在現有釋文中均被釋作"首",似乎沒有異議。僅僅從該字外形上看,的確有些像"首"的行書寫法。此字在王羲之《姨母帖》和《喪亂帖》曾分別出現過,作"![首]"和"![首]"。但仔細對比就會看出,王羲之所書的二字中,中間兩橫都交待得非常清楚。如果把"![首字草書]"釋為"首"的話,則裏面明顯只有一筆,在嚴謹的古人手中,是不會輕易犯此錯誤的。更何況此簡作者的草法嫻熟,在其所書的九個字中,八個均為草書,中間夾雜一個行書,令人頗生疑惑。更何況"首"的草書本可輕鬆寫作"![首草書]",見懷素《小草千字文》。

那麼這個字究竟該作何解呢?筆者認為"![首字草書]"當作"酋"字,理由如下:首先從小篆"![西]"和"![酋]"來看,"酋"可以拆作二點與"西"的組合。"酋"的草法可以從顏真卿《祭姪稿》"酌![酌]"和賀知章《孝經》中"配![配]"得到其固定規律,可將其"草定"為"![酋]"。再參考孫過庭《書譜》中的"遒![遒]"字,故將"![首字草書]"釋為"酋"是有草法依據的。

此簡中最後一字"![營]"的釋文,據《樓蘭漢文簡紙文書集成》的編者統計,曾分別有"堂""當"及"營"幾種,分歧較大。事實上,該字在名家法帖中曾多次出現,均釋作"營"。如王羲之《妹至帖》中作"![營]"、(日)藤原行成《臨二王雜帖》中作"![營]"。從法藏敦煌寫本《法華經玄贊》卷第一中"宮![宮]",以及張旭《古詩四帖》中"宮![宮]"下部的草法均可反推"![營]"當為"营"字,是"營"的異體字。

綜合以上分析,此簡補訂後的釋文可作"血能避猥隨,擊酋遠營",似為行軍作戰中的情報簡。

《樓蘭漢文簡紙文書集成》中還收有編號為 L.A.11.ii—孔紙 26.1的殘紙(見附圖 2),正反面書寫。各家釋文歧義較大。侯燦、楊代欣綜合各家整理後的釋文為"十二月(下殘)無違言(下殘)知與馬君共戰而碎日歸(下殘)走近日郵大(下殘)各當大校(下殘)近遠亦增勞(下殘)",但就此釋文而言,依然無法對之句讀並進行大意上的理解。下面筆者繼續運用草法的內在規律和經典法帖的樣本嘗試進行釋讀,以盡可能地恢復此殘紙的大概文意。

此殘紙中"宀"均被釋為"而"字，從草法角度來看，不夠謹。因為智永《真草千字文》中，"而"作"勻"，唐孫過庭《書譜》中，作"勻"，末二點的收筆是一定要落在半包圍裏面的。故筆者定此殘紙中"宀"為"穴"字。

　　再來看另一個釋文有爭議的字："珠"，此字曾被釋作"城"，釋為"碎"，皆非也。敦煌馬圈灣木簡中有"珠"，是為"賊"字草法與之同。歐陽詢《草書千字文》中"賊"作"賊"，懷素《小千字文》中作"賊"，與此同。二者均已是今草成熟後的草法，雖收筆多了一點，但草法與敦煌簡紙中相合。況且草書中，即使是一位書家的同一件作品中也會出現收筆點畫的省缺現象。如賀知的《孝經》中，"刑"有時作"刑"，有時又作"刑"。"賊"這個草的形成過程較為複雜，但我們可從草書"財"來借助體會。而聯前文，"共戰穴賊"似乎能講通。

　　"走"這個字原釋文為"走"，似乎和字形出入較大，筆者認當為"遠"字。而"日"被釋為"日"，似也不妥，當釋為"同"妥。而"郵"釋為"郵"則實在不明其理，筆者認為當釋為"彰孫過庭《書譜》中有"彰"非常接近。

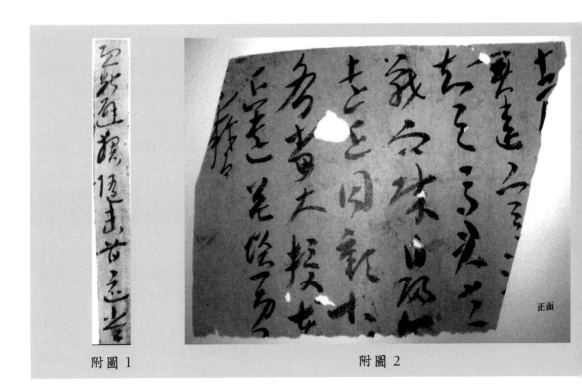

附圖1　　　　　　　　　　　　　　　附圖2

　　“授”這個字被釋為“校”也有不妥，當釋為“授”，如隋人《出師頌》中即有“授拉”字，與此近同。

　　“遣”這個字“遠”是有細微區別的，後者為“遠”字，筆者則認為前者應是“遣”字，只不過和《書譜》中“遣遣”相比，此殘紙的作者書寫略有交代過快的毛病。

　　綜合以上分析，筆者將該殘紙釋文暫釋為：“十二月（下殘）無違言（下殘），知與馬君共戰穴賊，自歸（下殘），遠近同彰，大（下殘），各當大授（下殘）近遣亦增勞（下殘）。”文意雖不具體，但大概可以讀出邊關將士在軍中殺敵與犒賞的信息，和前面第一枚木簡一樣，均屬於軍事類公文。

該文為首屆敦煌書法論壇入選論文

參考文獻

圖版：

啟功、王靖憲主編，《中國法帖全集》，湖北美術出版社，2002

《淳化閣帖》宋拓本

《大觀帖》宋拓本

《神烏傳》西漢墨本

《鬱孤台法帖》拓本

《絳帖》山西絳縣圖書館藏本

《鬱岡齋墨妙》明拓本

索靖《出師頌》墨本

索靖《月儀帖》拓本

皇象《急就章》明松江本

王羲之《十七帖》拓本

唐人《月儀帖》墨本

智永《真草千字文》墨本

李世民《屏風帖》（傳）拓本

孫過庭《書譜》

懷素《小草千字文》

懷素《自敘帖》

懷素《食魚帖》

懷素《苦筍帖》

懷素《論書帖》

張旭《古詩四帖》

張旭《肚痛帖》

張旭《斷千字文》（傳），拓本

賀知章《孝經》

顏真卿《劉中使帖》

彥修《草書帖》（五代）

黃庭堅《廉頗藺相如列傳》

趙構《洛神賦》

趙構《嵇康養生論》、《草書禮部韻寶》

陸游《自書詩卷》

陸游《北齊校書圖跋》

趙孟頫《天冠山題詠詩帖》

康里巙巙《梓人傳》

鮮于樞《蘇軾海棠詩卷》

祝允明《雲江記》

祝允明《赤壁賦》

祝允明《行草歸田賦》

陳淳《宋之問秋蓮賦》

王寵《自書雜詩二種》

文彭《草書雪賦冊》

董其昌《臨歐陽詢草書千字文》

董其昌《羅漢贊等書卷》

佚名《草書要領》

韓道亨《草訣百韻歌》

王鐸《草書詩卷》

王鐸《擬山園帖》

王世鏜《稿訣》

朱復戡《修補草訣歌》

侯燦、楊代欣編《樓蘭漢文簡紙文書集成》，天地出版社，1999

洪鈞陶編，啓功校訂《草字編》，文物出版社，1983

陸錫興編著《漢代簡牘草字編》，上海書畫出版社，1989

馬建華《河西簡牘》，重慶出版社，2003

甘肅省文物考古研究所編《敦煌漢簡》，中華書局，1991

《上海圖書館藏敦煌吐魯番文獻》，上海古籍出版社，1999

（日）《書道全集》，東京，平凡社，1982

（日）《日本名筆選》，東京，二玄社，1995

（日）空海《新撰類林抄》

（日）尊圓親王《書狀》，京都陽明文庫

（日）尊圓親王《雲州消息》《十二月往來帖》

（日）夢窓疎石《閑居偶成》《題臨川樓上觀音像》

（日）小野道風《三體白樂天詩卷》《玉泉帖》

論文：

啓功《孫過庭〈書譜〉考》，《當代中國書法論文選・書史卷》，榮寶齋出版社，2010

蔡永貴《漢字字族研究》，福建師範大學博士論文，2009

梁春勝《楷書部件演變研究》，復旦大學博士論文，2009

劉偉傑《〈急就篇〉研究》，山東大學博士論文，2007

李永忠《草書流變研究》，首都師範大學博士論文，2003

張恆奎《草書體的形成與演變》，吉林大學博士論文，2008

劉家軍《晉以前漢字草書體勢嬗變研究》，廈門大學博士論文，2008

宗成振《刻帖著述研究》，首都師範大學博士論文，2007

寧靜《〈平復帖〉論辯綜述》，《寧夏大學學報》（人文社會科學版），2009 年第 5 期

阿濤《〈十七帖〉作品考釋》，《中國書法全集》第 19 冊，榮寶齋出版社，1991

李洪智《試論漢字學的解析對草書教學的意義》，見《2010 杭州國際高等書法教育論壇論文集》，中國美術學院出版社，2010

劉東芹《文字學視角下的草法研究》，《南藝學報》（美術與設計版），2014 年第 3 期

專著：

劉次莊《法帖釋文》，《景印文淵閣四庫全書》，台灣商務印書館 1983 年版，第 681 冊

陳垣《史諱舉例》，中華書局，2012

啓功《啓功叢稿》藝論卷，中華書局，2004

高二適《新訂急就章及考證》，上海古籍出版社，1982

程章燦《古刻新詮》，中華書局，2009

張湧泉《漢語俗字研究》，商務印書館，2010

毛遠明《漢魏六朝碑刻異體字研究》，商務印書館，2012

趙平安《隸變研究》，河北大學出版社，2009

王其禕、周曉薇編著《隋代墓誌銘彙考》，線裝書局，2007

王元軍《漢代書刻文化研究》，上海書畫出版社，2007

黃徵《敦煌俗字典》，上海教育出版社，2005

張書岩等編著《簡化字溯源》，語文出版社，1997

趙紅《敦煌寫本漢字論考》，上海古籍出版社，2012

馬國權《書譜譯註》，紫禁城出版社，2011

項楚《敦煌變文選註》，中華書局，2006

祁小春《王羲之〈十七帖〉彙考》，上海書畫出版社，2011

網站資料：

Chinese Etymology

異體字字典網站

漢典

書法字典

書法空間

後記

　　對草書字法的關注大約始於五年前。那時我剛到淮陰師範學院不久，任教於該院美術學院的書法專業。在所有的專業課中，最令我沒有底氣走上講台的就是文字學課。因為在碩士研究生階段，主要接受的是書法技法訓練和書法史的學習，對文字學領域從未敢涉足。但教學上的壓力讓我不得不正視現實，我努力克服恐懼，自學《説文》。每次上課前都先從超星名師課堂裏學點皮毛，然後關起門在宿舍裏鸚鵡學舌般操練一番，再去課堂作一番“現學現賣”。就《説文》而言，武漢大學萬獻初先生給我啟發最多，萬先生對字源的追溯尤其令我着迷。暇時，我也嘗試着把草書符號放置字源理論中去探討，揣摩着這些神秘符號的來龍去脈。幸運的是，我意外地發現草書竟然與古文字系統有着太多的聯繫。經過無數個不分晝夜的剪貼、排比、假設、驗證，我對草法的理解也逐漸形成了一個小小的體系，今天呈現於眼前的這本小書就是五年來的所有思考。

　　我以為，正是文字學理論中的字源研究和古文系統裏的字根理論讓我能跳開對草書的既有觀念，撇開筆法的糾纏，冷靜理性地進行草書字法研究。但不得不説的是，雖然這本小書能解決絕大多數的草法問題，但仍有極少量的

草法問題需要作更深入的研究，希望在今後的日子裏我能
一一解決這些疑問。

　　在本書即將付梓之際，首先要感謝我的老師黃惇教授
和程章燦教授，二位先生對我影響至深！還要特別感謝我
的母親和妻子，她們承擔了所有的家務，為我提供了最充
分的後勤支持。也要感謝我的孩子，沒有他帶來的歡樂，
一切努力也變得毫無意義。另外，要感謝高教社的梁存收
先生，沒有他的慧眼垂青，就沒有這本書的最終面世！編
輯邵小莉女士也為本書付出了極大的心力！感謝所有幫助
過我的人！

劉東芹

二零一五年五月於南京